La Porte

ISBN 978-2-940422-36-4
Graphisme de couverture : www.atelierxl.com
Photo de couverture : Jay Louvion

Imprimé à Fribourg

éditions cousu mouche

La Porte

ROMAN

Fred Bocquet

À Ella

Le photographe

Les couleurs, l'ambiance… Tout est là. Pierre d'angle du muret, qu'adoucissent des branches de lilas échappées du jardin clos ; végétal et minéral, bois de chêne, métal des ferrures… Le moisi, juste ce qu'il faut, du lichen plutôt ; l'usure, la peinture blanche qui s'écaille – signe que l'objet a vécu, qu'il est là depuis des lustres. On devine qu'il s'agit de la porte de derrière, qu'elle sert très peu et n'est pas entretenue, certainement verrouillée avec une vieille clé qui doit forcer dans la serrure au point qu'il est peut-être impossible de la faire tourner. Et le contraste : cette trace sanglante et fraîche sur la poignée en losange si désuète. On distingue nettement les petits doigts qui se sont agrippés, et on sent l'éperdu, l'inéluctable. Cette empreinte contient toute la scène, toute sa tragique intensité, et révèle le dénouement dramatique. La jeunesse fauchée de la petite victime, face à la pérennité des choses ; l'organique, chaud, vivant, rouge, contre le métal et le bronze.

Le sang a un peu séché et paraît légèrement moins vif, mais il n'a pas encore pris cette nuance marronnasse qui gâche un cliché.

Régler la vitesse, choisir l'ouverture, cadrer. Peut-être qu'un peu plus à droite ? Resserrer, rien ne doit s'immiscer ; juste la solitude d'une porte qui ne s'est pas ouverte, un jardin blotti derrière un mur qui n'a pas été un refuge.

La perfection.

Et peut-être la chance de ma vie, un buzz sur Internet, un prix dans un magazine, des droits d'auteur... Sylvia qui va enfin me prendre au sérieux, arrêter de me présenter à ses amis en feulant mon métier avec mépris, elle aimait bien pourtant au début, *Mon ami est photographe*, un artiste, en plus ça emmerdait son père qui aurait préféré, comme tous les pères, un pharmacien. Elle aimait autrefois quand je sortais mon appareil pour elle, et que je la mitraillais, quand j'ouvrais un bouton de son chemisier puis un autre pour mettre sa peau à nu, une peau splendide, d'un grain qui capte la lumière, une de ces textures rares qui reflète sans ternir ; elle aimait se dévoiler peu à peu, en rougissant, au nom de l'art, jusqu'à la nudité complète, prendre des poses de plus en plus obscènes, jusqu'à ce que je finisse par lâcher mon Canon pour la baiser furieusement, elle était tellement excitée alors. Maintenant ça l'ennuie, elle ne veut même plus que je la photographie lorsque l'on se prend des petites vacances. Comme si je ne méritais pas son image, une joconde servant de modèle à un peintre en bâtiment. C'est vrai qu'ici je fais plutôt dans l'accident de voiture, un peu de tôle froissée, un pare-brise explosé, rien de bien spectaculaire ; l'inauguration d'une salle communale, une rencontre sportive, la fête de l'école, une séance de dédicaces à la librairie où un auteur local vient signer sa biographie romancée pour d'anciens compagnons de classe fiers d'approcher une quasi-célébrité qui tire à quatre cents exemplaires. Dernier événement couvert, les quatre-vingt-dix-sept ans de la doyenne, son sourire édenté perdu dans les rides, comme les traces d'une course de chars à voile sur une plage à marée basse ; ses yeux aveugles qui cherchaient l'objectif, au-dessus de l'énorme gâteau auquel elle toucherait à peine parce qu'elle ne digère plus que les biscottes sans sel et le bouillon de poule. Pas très glamour tout ça, pas de quoi me faire valoir aux yeux de Sylvia qui rêve de jet-set et d'échapper à notre trou. Et là…

Même pas besoin de retouches. Oui, ma chance, enfin. J'en pleurerais.

Le Journal du Dauphinois

Faits divers

Un drame s'est déroulé dans la nuit du 14 au 15 juillet dans la petite ville de ***, aux environs de 22 h 30. Le corps sans vie d'une fillette de 6 ans et demi, la petite Marie Y., a été retrouvé dans une ruelle un peu à l'écart de la place où se déroulaient les festivités de la fête nationale. Il semble que, suite à une chute, le guidon de la trottinette avec laquelle jouait l'enfant se soit démis et que la petite fille soit tombée sur la tige d'acier, provoquant de profondes lacérations au niveau du cou et entraînant une hémorragie fatale. Détail terrible, la fillette a tenté de se traîner jusqu'à la porte d'un jardin, mais est décédée avant d'avoir pu demander de l'aide.

Bien que la thèse de l'accident soit confirmée par les déclarations du médecin légiste, une enquête a cependant été ouverte.

Le propriétaire du jardin

– Franchement, Lucien, pourquoi tu l'as fermée, cette porte ?

Les hommes sont attablés au Café des Sports, l'un des cinq bistrots de la ville, le plus populaire à cause du grand écran où l'on peut regarder les matchs de football et de rugby. Le reste du temps, la télé est allumée sur la chaîne sportive, mais on baisse le son durant les tournois de golf ou de hockey sur glace qui ne passionnent pas les habitués.

– Vous êtes marrants, vous ! C'est à cause des gosses, ils me piquent mes cerises, des burlats toutes sucrées, comme on en voit peu. Les gamins, ils me volaient toute ma récolte. Et mes plates-bandes, toutes piétinées... Saccagés, les dahlias de ma défunte, elle qui les aimait tellement... Sans parler des fraises des bois, en une journée tout disparaissait, tu rentrais le soir de l'usine, plus rien, juste les œillets d'Inde tout chiffonnés. Alors j'en ai eu marre et j'ai fermé la porte à clé.

Les cinq amis ont choisi de rester à l'intérieur, plutôt que de s'installer sur la terrasse, le soleil tape déjà dur en cette fin de matinée ; ce mois de juillet s'avère particulièrement chaud, et lourd de l'humidité d'orages qui sans cesse menacent, mais iront toujours éclater un peu plus loin dans la plaine, au-dessus du fleuve.

– Allez, c'est pas si grave, quelques fruits chapardés ! Si la porte n'avait pas été verrouillée, elle ne serait peut-être pas morte, la gamine.

– Tu crois que je n'y ai pas pensé ? J'en fais des cauchemars, figure-toi, de cette pitchoune agonisant derrière mon mur. Mais qu'est-ce que je devais faire ? Vous croyez que ça me plaît, toute cette publicité, ma porte en gros plan dans le journal ?

Lucien s'agite, fait un grand geste d'impuissance avec ses bras, bousculant le verre d'anisette qui vacille un peu mais ne se renverse pas. Les autres acquiescent, reprennent une gorgée de pastis pour montrer leur accord.

– C'est certain que ça doit être pénible.

On compatit, avec cependant une touche de jalousie devant cette notoriété soudaine et nationale, comme un trait de grenadine venu nuancer l'ambre de l'apéritif que l'on dilue une nouvelle fois avec l'eau fraîche.

– Tu l'as dit, jusqu'à la supérette, qu'ils me suivent pour m'interviewer, et je ne vous parle pas des gendarmes... Ils finiraient presque par te faire sentir coupable ! Alors que si on y pense, je n'y suis pour rien, moi, dans cette triste affaire.

– Mais quand même, Lucien, décédée à cause de trois cerises...

– Oh là, c'est quand même pas moi qui l'ai tuée, la petite ! Et d'ailleurs, si j'avais laissé la porte ouverte, même en grand, qui nous dit qu'elle aurait pu arriver jusqu'à la maison ? Qu'elle ne serait pas morte au fond de mon jardin ? Et j'aurais encore plus d'ennuis que je n'en ai maintenant... Non, crois-moi, en y réfléchissant, j'ai eu raison de la fermer, cette porte. Yvonne, un cinquante et un ! C'est ma tournée.

Et tandis qu'on cherche un autre sujet de conversation alors qu'un seul occupe tous les esprits à cette table, dans le bistrot, dans toute la ville,

Yvonne rapporte la bouteille, et des olives noires de Kalamata. Grosses comme des burlats.

La fillette

le monsieur a fait tomber ma trottinette, il a cassé la poignée, je vais me faire disputer.

j'ai peur. j'aurais moins peur si j'aurais mon doudou. il faut que je coure vers la maison, ou que je retourne à la fête, mais pas rester là. tant pis pour la trottinette, j'expliquerai à papa il ne m'en voudra pas. le monsieur a attrapé mon bras, il me fait mal, alors je gigote, je le mords, je le griffe, il faut que je me sauve mais il est trop fort, je veux crier quand je vois le couteau mais ça ne sort pas, ça reste coincé dans ma gorge comme quand on m'a opéré des amygdales et que j'ai pu manger des glaces toute la journée. j'ai très mal, maman pourquoi, maman au secours, il faut qu'on m'aide, il y a du sang sur mes mains et je ne me sens pas bien du tout j'ai envie de vomir et j'ai encore plus peur avec le sang, même si le monsieur est parti… le jardin de Monsieur Bonnetain est peut-être ouvert c'est toujours fermé à cause de ses cerises même pas bonnes elles ont des vers dedans mais il a peut-être oublié aujourd'hui, pourvu que la porte soit ouverte,

Le Journal du Dauphinois

*Drame de *** : crime probable ?*

Il y a trois jours, nous vous faisions part du décès de la petite Marie Y., survenu à *** dans la nuit du 14 au 15 juillet (voir notre édition du 16 juillet dernier).

De nouveaux éléments apportés par l'enquête permettent aujourd'hui de penser que les blessures qui ont entraîné la mort de l'enfant ne sont pas imputables à un accident, mais à une arme blanche. Il semblerait que la petite Marie ait reçu deux coups de couteau dans la gorge, provoquant une rupture de l'aorte. Rappelons que l'enfant a eu le temps d'effectuer quelques mètres pour chercher du secours avant de décéder. L'arme n'a pas été retrouvée.

« C'était horrible, elle baignait dans une mare de sang », témoigne un voisin, très choqué après avoir découvert le petit corps sans vie.

Tout le village est en émoi devant cet acte odieux : « Il faut absolument retrouver ce barbare, et le mettre en prison », peut-on entendre dans les rues de cette petite cité d'ordinaire paisible et accueillante. Des fleurs par dizaines sont déposées près de la porte devant laquelle la fillette a agonisé. Le propriétaire de la maison affirme n'avoir rien vu ou entendu d'anormal, sans doute à cause des rumeurs du bal populaire qui se tenait en ce jour de fête nationale. Il a été rapidement innocenté.

« Nous sommes tous très touchés par ce drame épouvantable, je connaissais personnellement la famille, nous a confié M. Laforge, maire de ***. Inutile de préciser que tout sera mis en œuvre pour que le coupable soit arrêté. »

La gendarmerie a effectué des prélèvements d'ADN, et interroge actuellement les proches de l'enfant et le voisinage. On ignore encore si la fillette a subi des sévices avant d'être poignardée.

Une messe sera par ailleurs donnée en souvenir de la fillette ce vendredi à 18 heures en l'église Saint-François.

Le vendeur de cycles

Ça fait trois ans que je commercialise ce modèle, spécialement conçu pour les enfants de quatre à sept ans, jamais eu aucun problème ; alors quand les journalistes ont dit que c'était la poignée qui lui avait transpercé l'artère, je n'y ai pas cru une seule seconde. Les poignées, elles sont recouvertes de mousse, pour plus de sécurité. D'accord, c'est vrai que comme elles sont repliables, lorsqu'on les démonte, l'acier est à nu ; mais pour les sortir de leur gaine, il faut appuyer fort sur un bouton, c'est impossible à réaliser pendant qu'on roule, on a besoin de ses deux mains, surtout pour les petits.

Je connais mon métier, vous savez, je ne vendrais jamais à un gamin du matériel qui ne serait pas fiable. J'ai des gosses moi aussi, même s'ils sont grands maintenant, de toute façon, les soucis, on les a pour la vie. C'était blessant, cette insinuation sur la trottinette défectueuse, c'était un peu comme si on m'avait accusé moi de l'avoir tuée, cette gosse. J'en ai pas dormi jusqu'à ce que la vérité se fasse jour.

L'autre légiste

Quel con, ce Jourdain…

Charles reposa son verre sur la table basse en rotin, à côté du journal, et, depuis la terrasse, laissa son regard errer sur la mer en contrebas.

Emmanuelle avait pris la Cayenne tôt ce matin pour faire des courses à Menton, elle en profiterait certainement pour s'acheter un nouveau maillot de bain et téléphoner à son amant depuis une cabine – elle se doutait bien qu'il consultait son mobile dès qu'il en avait l'occasion. Qu'il fouillait dans son sac à main et dans le secrétaire en poirier qu'il lui avait offert pour son anniversaire, dont le tiroir secret ne l'était plus pour personne. Il savait donc qu'il ne trouverait rien, mais il continuait, malgré tout, de chercher des traces, des indices, des symptômes, par jeu peut-être. Ou déformation professionnelle.

Quel con, vraiment. Comment peut-on confondre un accident de trottinette avec la morsure d'un couteau… Si j'avais été là, j'aurais tout de suite vu la différence. Même les journalistes, qui se sont tout de suite intéressés à l'affaire, n'y ont pas vraiment cru. Quand je pense que pour une fois qu'il se passe autre chose que la mort d'un vieux découvert trois jours plus tard dans sa merde… J'aurais su, moi. Cela aurait fait gagner du temps. Au lieu de ça…

Au lieu de ça, il séjournait pour le mois dans sa résidence secondaire perdue dans la garrigue, qu'il ne cessait de faire agrandir pour accueillir des amis mais à présent écrasée de solitude et de chaleur, et les nouvelles de son village lui étaient parvenues par la chaîne nationale. Une porte rongée aux encoignures, une poignée maculée en gros plan, le nom de la commune et le récit des faits par une journaliste qui avait peaufiné l'histoire avec son équipe, choisissant chaque mot et chaque silence pour ferrer son public, le fidéliser dans un drame commun.

Il reprit une gorgée d'anisette. Il avait commencé à boire un peu trop une année plus tôt, lorsqu'Emmanuelle l'avait quitté, et n'avait pas arrêté quand elle avait « réintégré le domicile conjugal », comme on dit, après quelques mois seulement. Il avait même poussé le bouchon encore un peu plus loin, peut-être parce que, quand il était ivre, il pouvait l'insulter, pleurer, même lever la main sur elle puis la laisser retomber sans aller au bout de son geste – l'effleurant à peine, parfois. Elle ne partirait plus. Trop dur d'élever seule les deux jeunes enfants qui réclamaient leur père, leur maison, leur chien, leur chien surtout. Et de renoncer à l'appartement à Verbier, aux voyages dans des cinq étoiles exotiques, aux bijoux un peu plus coûteux à chaque Noël, un peu plus lourds et scintillants au fur et à mesure que pâlissait leur amour, et par-dessus tout à être l'épouse de Monsieur le Docteur quand on a été la fille du garagiste.

L'enquête progressait, on ne parlait plus maintenant d'un banal accident mais d'un meurtre. L'émotion s'était enflammée comme une blessure mal soignée. La fillette s'était vidée de son sang dans la rue, et personne ne l'avait aidée. La porte qui représentait son unique salut ne s'était pas ouverte.

Charles finit son verre d'un trait, et regarda un bateau qui, au loin, traçait furieusement dans le bleu profond de la mer deux cicatrices blanches s'écartant comme des chairs à vif.

Emmanuelle était revenue. S'était emmurée, vivante, avec lui. Ils auraient tout le temps de se faire du mal à l'intérieur.

Devant ou derrière la porte, on vit toujours un cauchemar.

La fillette

J'ai neuf ans. Je n'aime pas ma maîtresse, et ça fait trois ans que j'ai la même, elle nous suit, comme elle dit. Elle a pourtant des yeux bleus comme maman, mais dans ceux de maman on peut voyager et voir des poissons dedans, des petits poissons-clowns qui font les fous quand elle sourit ; dans ceux de ma maîtresse il n'y a rien, une eau glacée sans reflet, même quand elle nous félicite parce qu'on a fait zéro faute à la dictée c'est froid comme la lame des couteaux en argent qu'on sort le dimanche, quand papi et mamie viennent manger la blanquette.

J'ai un chien, enfin ! Il s'appelle Tobi. Il est tout noir avec des poils très doux. Je ne le vois qu'une semaine sur deux mais quand j'arrive il me fait de ces fêtes ! Il est déjà un peu vieux parce qu'on l'a pris à la SPA. Je ne savais pas lequel choisir, il y en avait plusieurs qui me regardaient avec l'air de me dire Emmène-moi, *et puis j'ai vu Tobi et j'ai su que c'était lui.*

Je me suis cassé une dent à bicyclette, mais on va pouvoir la réparer. Par contre on a dû me recoudre le sourcil, j'avais très peur de l'aiguille mais le docteur a été très gentil. Il m'a fait une piqûre et m'a dit que je ne sentirais rien. Et c'est vrai, je n'ai plus rien senti.

La mariée

– On devrait rétablir la peine de mort, je te dis.

Rétablir, un mot de trois syllabes. Il progresse, le Roger. Avec son Heineken, ses pieds sur le napperon au crochet qui protège le bras de canapé et son estomac débordant par-dessus son short en nylon de l'équipe de France, s'étalant comme une pâte à pain qui lève, il a l'air de ce qu'il est : un pauvre type qui parle à sa télé.

Elle suit les infos avec lui depuis la chaise de la salle à manger, elle s'est installée sous la lampe pour mieux voir son ouvrage – elle a déjà du mal à faire passer le fil dans le chas de l'aiguille, elle n'a pourtant que trente-huit ans.

Elle relève la tête de sa couture, fascinée par l'image souriante de la fillette, puis par le plan fixe sur la poignée de cette porte maculée.

Elle pense au noir sur sa propre cuisse et sur ses épaules, aux nuances jaunes, mauves, bleues et terre de Sienne. Une palette pour clair-obscur. Obscur, surtout.

Elle se dit qu'un jour peut-être ce sera sa photo, en gros plan sur l'écran, prise lors de son mariage sans doute, un peu floue, démesurément agrandie et trop sombre, ses yeux verts paraîtront bruns, et la dentelle fine du voile, qu'elle a brodé elle-même, semblera un synthétique de chez Tati.

Un autre Roger voudra qu'on rétablisse la peine de mort et sa femme se taira puis lui apportera une troisième bière.

La meilleure copine

– Tu sais que je suis là pour t'aider, ma chérie ?

– oui.

– Tu veux me parler ?

– non.

– C'est vraiment très dur pour toi, de perdre ainsi ta meilleure amie. C'est pour cela qu'il faut qu'on en discute, toutes les deux, cela s'appelle faire son deuil.

– …

– Tu dors mal, n'est-ce pas ?

– pas très bien. j'ai un peu peur la nuit. quand j'entends un chien. ou la télé en bas. la porte-fenêtre qui grince à cause du vent. j'ai peur du rouge et des jardins. j'ai peur de cette rue et de faire du vélo. je ne vais plus au lavoir, même s'il fait très chaud, comme aujourd'hui. je veux rester dans ma chambre.

– Ta réaction est bien normale, tu as subi un gros choc, pourtant tu dois continuer à vivre…

– je sais. mais je ne veux pas sortir. je suis très bien chez moi. je ne veux plus aller dehors, dehors on ne peut pas échapper aux méchants. et moi aussi je suis méchante.

– Méchante ? Tu n'es pas méchante, voyons, ce qui est arrivé à Marie n'est pas de ta faute.

– si, un peu.

– Pourquoi ?

– ben… on devait rester ensemble à la kermesse, nos parents nous avaient dit qu'on pouvait s'amuser mais qu'on ne devait pas s'éloigner ou se séparer. on nous avait donné des sous pour acheter des pommes d'amour et faire un tour de manège, elle avait très envie de monter sur le lapin d'Alice, mais ça lui a rappelé son doudou et elle a décidé de lui faire faire un tour aussi. elle allait le chercher à la maison et revenir avec.

– Et ?

– j'ai un an de plus que Marie. j'aurais dû aller avec elle prendre le doudou, ou prévenir son père. mais on avait plusieurs tickets gratuits et j'étais pressée de monter dans le carrosse où il restait une place. alors je l'ai laissé partir toute seule. et elle n'est pas revenue.

– Tu dois comprendre qu'en ne l'accompagnant pas, tu as peut-être échappé à quelque chose de terrible, tu aurais pu, toi aussi, être tuée. Rester à la fête t'a peut-être sauvé la vie.

– non.

– Comment cela, non ?

– ça ne m'a pas sauvé la vie. même si je parle, je bouge, je mange, c'est comme s'il m'avait tuée, moi aussi.

L'expatriée

Ma très chère sœur,

Merci beaucoup pour ton courriel, ça m'a fait tellement plaisir de te lire, même s'il était un peu court !

Par contre, pour la photo en attachement... Quel choc ! Je n'ai pas regardé la télé ces derniers jours ni lu les journaux, et je ne savais rien du drame. J'ai tout de suite reconnu la porte de Lucien Bonnetain, tu t'en doutes.

J'en ai froid dans le dos... On est passées tous les jours par ce chemin pour aller à l'école, le long de ces murs qui délimitent les propriétés depuis l'ancien lavoir. C'est horrible ce qui est arrivé à cette petite fille, je ne la connaissais pas – tu penses bien, depuis le temps que je ne suis pas retournée là-bas, je ne connais plus personne... Mais ce crime, dans notre ancienne rue... Je me sens presque personnellement touchée, comme s'il s'agissait d'un proche.

J'ai regardé le vingt heures, ça m'a fait vraiment bizarre de voir le nom de notre village, encerclé sur une carte, heureusement sans faute d'orthographe (la plupart des gens mettent un x à la fin), par contre la journaliste a parlé de Bourg-en-Bresse et elle a prononcé « Bour », à la parisienne. C'est agaçant, non ? J'ai reconnu des lieux, la fontaine devant la mairie, j'ai vu que la pâtisserie qui fait l'angle n'est plus là, il y a une librairie à la place (je me demande bien pourquoi, personne ne lit là-bas, il n'y a que le tabac-presse qui peut marcher avec ses journaux locaux et ses romans de gare). J'ai scruté les visages, cherchant à en reconnaître quelques-uns parmi les badauds. Les reporters ont essayé d'arracher quelques mots au propriétaire du magasin de confection, en bas de la fameuse rue, là où maman achetait parfois un pantalon pour papa, pas très souvent parce que c'était cher mais dans un village on ne peut pas se mettre les petits commerçants à dos, il faut bien leur prendre quelque chose de temps en temps. Le pauvre Michelet a bien vieilli, presque autant que sa devanture. Je ne sais pas comment ils font pour survivre, leur marchandise est atroce, tellement surannée ! Mais bon, après tout, le village aussi a vieilli.

Il y a également eu un plan sur la gendarmerie, et derrière, on distinguait le gymnase.

J'ai repensé à cette nuit... cette nuit de juin qui m'a poussée sur d'autres routes.

Tu te souviens des cours de gym, toutes les filles qui le regardaient lorsqu'il jouait au hand, ses muscles qui se tendaient, la rapidité de sa course, toute cette virilité qui nous laissait pantoises, sa rage presque de vaincre et d'être le plus fort.

Moi j'ai connu sa douceur aussi, lors de cette nuit dans les vestiaires du gymnase où nous nous étions cachés après le cours, allongés sur les tapis de sol sur lesquels, la journée, nous avions dû faire le poirier...

Jamais je ne regretterai cette nuit de mes seize ans, où pour la première fois j'ai connu le plaisir, qu'il m'a donné avec lenteur, me faisant découvrir chaque recoin de mon corps, du creux d'une oreille à la pointe des seins, monts et vallées, voyageant de ses mains et de sa langue, improvisant des haltes, accélérant le pas, me faisant presque mourir d'impatience avant de s'enfoncer en moi, déclenchant de ses va-et-vient des décharges électriques qui vibraient jusque dans mes incisives. Et il m'a montré comment toucher, caresser, envelopper, fouir comme un animal, tâtonner comme un orpailleur, pour trouver ses trésors.

Nous sommes restés là presque deux jours – la porte était verrouillée de l'extérieur – enfermés dans notre bonheur, vivant d'amour et de l'eau un peu tiède des lavabos.

Maman était folle d'inquiétude, si soulagée lorsque l'équipe de volley qui avait un match le dimanche après-midi nous a libérés. Libérés ? Le mot est mal choisi ; jamais depuis je n'ai éprouvé un tel sentiment d'espace, jamais je ne me suis sentie plus heureuse et plus libre qu'entre ces quatre murs.

Nous avons payé le prix fort. Pour moi, le bannissement chez la tante Odette en Savoie.

Finalement, je m'en suis plutôt bien sortie. La vieille sentait assurément mauvais, mais elle n'était pas méchante, et malgré ses sermons, ses principes et la messe obligatoire, elle m'aimait bien et m'a beaucoup donné. Peut-être voulait-elle, sachant mon âme damnée, rendre plus doux mon séjour terrestre... C'est à elle que je dois d'avoir fait des études, d'exercer aujourd'hui un métier qui me plaît et me nourrit bien (trop bien sans doute, j'ai pris un cul de percheronne !) ; et peut-être aussi, tout simplement, d'avoir continué à vivre.

Pour lui, ce fut le pensionnat. Je ne l'ai jamais revu ; j'ai un peu fouillé, je l'avoue, sur Internet, des années après. Un moteur de recherche m'a appris qu'il vivait dans le Sud. Il tient un camping avec sa femme près des Saintes-Maries. Sûr qu'il y organise des tournois de hand... Peut-être aussi fait-il parfois l'amour dans une caravane, et alors, qui sait, dans cet espace étroit, presque hermétique, repense-t-il à notre vestiaire, et me retrouve-t-il pour une nuit...

Pardon, ma chère sœur, je me suis un peu laissé emporter, et je me parle à moi-même en t'écrivant... Tu sais tout cela presque aussi bien que moi, toi ma confidente de cette fin d'enfance. Peut-être avais-je besoin, pour atténuer le choc de cette photo, de laisser parler la nostalgie. Car si c'était à refaire, malgré la détresse, les incertitudes, l'exil, la solitude et le manque, oh le manque de lui, pour rien au monde je ne renoncerais à ces deux jours qui ont changé ma vie.

Sidonie a ses yeux, noirs, et doux comme du charbon. Quand reviens-tu voir ta filleule ? Tu pourras me parler du pays...

Porte-toi bien, ma belle, transmets mes amitiés à Jean-Pierre – même si nous n'avons pas vraiment d'affinités tous les deux, tu sais ce que je pense des protestants et des comptables...

Je t'embrasse,

Ta sœur qui t'aime

La fillette

J'ai douze ans. Hier, je suis devenue grande. C'est ma belle-mère qui m'a montré ce qu'il faut faire. Elle a dit que j'étais maintenant une petite femme, et que c'était magnifique, que je ne devais pas trouver ça dégoûtant. Elle m'a offert son bracelet en or avec des petites pierres de toutes les couleurs en me disant que lorsque j'aurai une fille, je le lui donnerai à mon tour, et ça m'a fait bizarre de penser que maintenant je pourrais avoir un bébé ! Je suis allée à l'école et je me sentais différente, même le collège me semblait changé, plus petit ; je l'ai dit à Nathalie et à Maude, elles étaient super jalouses, et m'ont regardée avec envie, le bracelet aussi.

La belle-mère

J'ai appris sa mort dans l'avion par le journal du soir. Une courte dépêche relatant le décès accidentel d'une fillette de six ans et demi suite à un accident de trottinette. C'est le nom du village qui m'a interpellée, incongru dans un journal national.

Je revenais d'une mission au Cap-Vert. Son père avait essayé de me joindre pendant la nuit, mais n'avait pas laissé de message, et ma batterie était presque à plat – j'avais oublié mon chargeur, ce qui ne m'arrive jamais. Je pensais rappeler Bertrand depuis la France, à mon retour le lendemain, ça pouvait sûrement attendre, d'autant plus que nous étions un peu en froid à cause d'une réflexion qu'il avait faite, lors de mon départ, sur un collègue qui m'accompagnait.

Bien sûr, dans le journal qu'avait distribué l'hôtesse, il n'y avait pas de photo, pas de noms, peu de détails, mais j'ai deviné, immédiatement, que c'était elle ; un de ces pressentiments dont vous savez, inéluctablement, qu'il vous fera basculer dans le noir.

Au début, j'aimais son père. Elle faisait partie du lot, alors j'ai pris le lot. Elle était toute petite, si petite, elle n'avait besoin que de sa mère, et je me sentais intruse, inutile, défaillante. Un vendredi, alors que j'étais rentrée tôt et que son père était retenu au travail, je suis allée la chercher à la crèche, j'ai dû montrer ma carte d'identité, c'était presque humiliant, et en même temps c'était rassurant : on ne la confierait pas à n'importe qui ; et ses parents avaient parlé de moi, on savait que j'existais, j'étais enfin – un peu – reconnue, admise comme membre de la famille. Après on m'a parlé de sa journée, elle avait bien mangé, elle avait dormi plus d'une heure et elle avait fait caca. Franchement, cela m'était bien égal, et la jeune femme qui s'occupait d'elle et de son groupe de nains me disait ça avec ravissement, comme si c'était un miracle, ça me débectait presque. Ce que je voulais, c'était rentrer avec la gamine, la fourrer dans le siège auto que j'avais dû installer dans ma Mini Cooper, lui dire de la coincer pendant les trois kilomètres à parcourir, et retrouver son père – mon homme.

Longtemps j'ai été réticente, au fond je ne voulais pas m'attacher, je ne voulais pas de lien, peut-être parce que si son père et moi nous séparions, je ne voulais pas lui manquer – ni qu'elle me manque. Je m'occupais d'elle quand il le fallait, plutôt bien, mais j'évitais le contact, limitant les bisous au moment du coucher, un baiser assez bref, sans tendresse excessive, déposé sur sa pommette comme un devoir sur le bureau du professeur.

Dans les contes de fées, nous avons mauvaise presse. Toujours la méchante marâtre qui met la main sur le faible papa ensorcelé et mène la vie dure à l'héritière. Sans doute redoutais-je la punition qui frappe toujours la femme mauvaise et libidineuse. Je ne voulais pas être une belle-mère.

Pourtant, sans presque m'en apercevoir, j'ai moi aussi essuyé ses fesses après popo, appliqué un gant humide sur son front brûlant les jours de fièvre, fait réviser les tables d'addition et expliqué pourquoi on met un chapeau sur le *e* de forêt. J'ai mouliné des purées de carottes, trié le gras du jambon et ses minuscules chaussettes. J'ai acheté des petites robes à volants, des chouchous pour ses cheveux blonds et des livres pour sa table de chevet. Elle m'a cueilli des bouquets de modestes fleurs sauvages, dont les pétales rapidement tombaient en pluie sur la table du salon, laissant des confettis roses qui s'affadissaient puis se recroquevillaient; elle a crayonné mille dessins de princesses ou de maisons à la campagne, avec toujours le même arbre, le même oiseau, le même soleil et le même nuage, qu'elle me tendait ensuite en me disant *C'est pour toi* comme si c'était le plus précieux cadeau au monde, et que je devais accrocher avec un aimant sur l'ardoise de la cuisine jusqu'à la prochaine obole. Elle m'a réclamé des histoires avant le coucher, au début j'étais maladroite, cette petite étrangère qui n'avait en commun avec moi que son père, qui se blottissait contre moi, en suçant son pouce et en attrapant une mèche de mes cheveux qu'elle entortillait autour de son index, cette présence si intense, cette intimité qu'elle créait avec tant de naturel, qui lui semblait aller de soi, et que j'avais tant de mal à accepter, qui me gênait, m'intimidait presque. Certains matins, alors que son père était déjà parti au travail, elle me suivait dans toute la maison jusqu'au moment où je la déposerais à l'école, me collant comme une ombre de la chambre où je cherchais mes boucles d'oreilles à la salle de bains pour me voir me maquiller, en bavassant parfois au point de me donner mal à la tête.

Vers la fin de l'année scolaire, je suis allée à la matinée portes ouvertes de l'école la regarder travailler à ses ateliers – elle a été très fière de me montrer comme son pupitre était bien rangé. Le soir même, il y a eu la fête de l'école. Naturellement sa mère était présente ; je suis arrivée un peu plus tard, espérant qu'elle aurait déjà quitté les lieux – c'était notre week-end de garde. Elle était encore là, discutant avec Bertrand qui me fit un petit signe, je m'approchai mais restai un peu en arrière. La petite attendait, avec un groupe d'enfants, son tour d'être maquillée par la fille d'une des institutrices, elle m'envoya un grand sourire et un baiser quand elle me vit mais resta à sa place pour ne pas rater son tour. Ses parents parlaient de ses cauchemars – depuis quelques jours, elle avait peur du noir, et c'est moi, souvent, qui me levais lorsqu'elle appelait, et allais dans sa chambre lui expliquer que la nuit était comme une couette toute douillette qui l'enveloppait pour qu'elle dorme mieux, et que la veilleuse ne servait qu'à lui indiquer le chemin du sommeil. Elle se rendormait paisiblement, jusqu'au matin. Pourtant, je ne suis pas intervenue dans la conversation, et on ne m'a pas demandé mon avis sur ces terreurs nocturnes. Puis il y a eu la photo des enfants par un professionnel recruté pour l'occasion, elle d'abord, seule, souriant de son sourire édenté (il lui manquait les deux incisives du haut), puis avec la maman, puis avec la maman et le papa. Ça a duré un long moment parce que la maman voulait les mêmes photos mais avec son appareil. Pendant ce temps je mangeais des boulettes de viande à la sauce tomate dans une assiette en carton, les boulettes étaient bonnes, parfumées au fond de veau, peut-être un peu poivrées pour des enfants, et je les mangeais entières parce que je ne parvenais pas à couper la boulette avec ma fourchette en plastique et mon verre de sangria dans la main. Après j'ai posé mon verre sur le rebord d'une fenêtre et j'ai saucé l'assiette avec le pain qui était délicieux également, c'est le boulanger de la place qui l'avait fait cuire l'après-midi même. Puis j'ai jeté l'assiette nettoyée dans une poubelle, et j'ai quitté la fête, sans un mot, rentrant à pied par la petite route qui longe les jardins. Ils sont arrivés un peu plus tard, Marie m'a montré fièrement son maquillage, et lorsque j'ai dû l'ôter, avant le coucher, avec une de mes lingettes Nivea, j'ai pris garde de laisser quelques paillettes au coin du nez et à la naissance des cheveux pour que, le lendemain, elle se souvienne des guirlandes de fleurs qu'on avait peintes sur son visage, et que la fête dure un peu plus longtemps.

Je l'ai emmenée au cinéma au début des vacances, alors que son père était d'astreinte, voir un Walt Disney. On a mangé un cornet de glace toutes les deux, chocolat pour elle, café pour moi, elle n'a pas terminé le biscuit qu'elle m'a tendu et que j'ai dû mettre dans mon sac, dans un mouchoir en papier, parce qu'elle voulait manger le chocolat qui est tout au fond plus tard, mais a fini ma bouteille d'eau. Après la glace elle a eu froid, elle s'est enroulée dans mon gilet que j'avais placé sur ses épaules et elle a posé sa main sur mon bras pendant toute la durée du film, jouant machinalement avec mon bracelet serti de pierres fines.

Ces derniers mois, elle m'a demandé plusieurs fois si elle pouvait m'appeler maman.

La coiffeuse

Si c'est pas malheureux... Une si jolie petite fille, et gentille avec ça. Bien élevée, même si les parents sont divorcés, ils devaient s'entendre pour l'éducation. C'est moi qui lui coupais les pointes, elle avait de beaux cheveux blonds, qui lui arrivaient aux épaules, très épais et bouclés, un plaisir à toucher, même si au coiffage c'était une autre histoire. Chaque fois elle voulait garder une mèche, je ne sais pas ce qu'elle faisait avec. Elle était toute mignonne, et comme elle restait sagement assise sur le fauteuil tout le long, après je lui donnais une tchoupatchoup, elle regardait son père pour savoir si elle pouvait ; il faisait oui avec la tête et elle prenait la sucette en disant bien *Merci*.

Je me demande ce qu'elles sont devenues, ces mèches ; ça serait terrible pour les parents de tomber dessus, elle les a sans doute cachées dans un tiroir ou dans une boîte, elle voulait peut-être faire un coussin pour son doudou qu'elle ne quittait jamais, même quand elle venait au salon, elle le gardait sur ses genoux, sous la blouse en nylon trop large, une main posée dessus ; sauf ces derniers temps, son père disait qu'elle commençait à être grande et qu'il fallait laisser doudou à la maison, qu'elle le retrouverait le soir au coucher. N'empêche, tomber sur ces cheveux, presque vivants, pour la mère, quel choc épouvantable... Je préfère ne pas y penser.

Vraiment ça me fait de la peine, cette histoire, où va le monde, je vous le demande ! Ici c'est si tranquille, enfin c'était, qui aurait pu imaginer une chose pareille ? À Nouyorque ou à Paris, je dis pas, mais ici... C'est si tranquille...

Le père Guichard fait les hommes, moi les dames, et les enfants bien sûr mais de moins en moins parce que le village vieillit. Il n'y a que la façade de la mairie qui est neuve ; enfin quand je dis neuve, je veux dire rénovée, pour faire ressortir les pierres de taille et le patrimoine. J'ai de moins en moins de clientes, et de plus en plus d'indéfrisables et de teintures mauves, je ne sais pas pourquoi les vieilles aiment le mauve, alors j'arrondis mes fins de mois avec la maison de retraite, deux fois par semaine, mais ça commence à être dur, j'ai mal aux jambes à force de rester debout, c'est le métier qui veut ça ; et au dos parce que passer le balai pour chasser tous ces cheveux, après chaque coupe eu égard à la propreté, ça devient pénible, les cheveux c'est perfide ça s'infiltre partout.

Oui ici c'est bien calme, un de ces jours je vais devoir mettre la clé sous la porte et fermer boutique, et la maison de retraite, j'y serai pour de bon.

La journaliste

Je suis dans ma chambre d'hôtel, seule. Trois jours déjà que je n'ai pas fait l'amour, que je n'ai pas mis un homme dans mes draps ! Il y a bien eu le cameraman la nuit de notre arrivée, mais ça ne compte pas vraiment, depuis le temps qu'on sillonne ensemble les routes de France et de Navarre. J'ai bien remarqué, tout à l'heure au restaurant, que le maire m'aurait volontiers tenu compagnie, il est plutôt bel homme d'ailleurs, mais dans ce trou, tout se sait très vite, on l'aurait vu entrer, s'attarder, raser les murs en ressortant, certains élus ont dû renoncer à leur mandat pour moins que ça.

Cette chambre est immonde. Propre, certes, mais comment peut-on encore aujourd'hui mettre de la moquette du sol au plafond ? On a poussé la perversité jusqu'à reproduire le même motif floral et chargé sur les rideaux et les coussins qui trônent sur le lit fatigué. J'aurais cent fois préféré dormir à Lyon, où je connais un petit hôtel de la Croix-Rousse ravissant, qui sert des petits-déjeuners absolument sublimes, mais ça fait une demi-heure de route pour venir dans ce patelin, et mon chef ne me pardonnerait pas de rater une info capitale, de laisser un concurrent dévoiler le scoop pour lequel j'ai accepté cette mission.

Je me suis fait coiffer, à l'ancienne, au salon local, la vieille était toute bouleversée et je l'ai fait parler un peu ; après la mise en plis, on a réalisé une petite interview de l'éplorée qui connaissait la petite, pas très bien au fond, mais c'est fou ce que la mort peut rendre intime. On a quelques belles images, surtout quand elle parle du doudou de l'enfant, ça a beaucoup plu à la prod ; par contre on a coupé quand elle a commencé à raconter sa vie, une vie de vieille, ça n'intéresse franchement personne.

Il est à peine vingt-deux heures trente mais il n'y a rien à faire dans ce bled, même pas un cinéma, le néant culturel. Les volets sont tous fermés sur des existences étriquées, pas étonnant que personne n'ait aidé la gamine, ce village est un désert. Allongée en nuisette sur le matelas qui fait un creux, un matelas usé par des lignées de représentants de commerce, je visionne, sur ma tablette anachronique dans ce décor obsolète, ma prestation au JT de vingt heures. Pas mal.

J'avais choisi un tailleur brun-vert, avec un chemisier rose pâle. C'est austère, bonne longueur de jupe, échancrure modeste, mais cela met mes yeux en valeur. Car s'il me faut m'effacer au profit de l'enquête, les gens doivent se souvenir de moi.

Regarder la caméra fermement, souligner tout le drame sans faire fuir le spectateur devant trop d'horreur, ne pas l'effrayer avec de l'insoutenable. Dans un coin de l'écran, Valérie traduit mon reportage en simultané pour les sourds-muets. Je me demande si, en langage des signes, l'émotion est la même, avec ces expressions parfois grotesques qui déforment son visage, ces grimaces un peu ridicules, ces gestes trop amples, alors que je pèse chaque mot en gardant un visage impassible, avec juste ce qu'il faut de tristesse.

Laisser entendre que le doute plane encore sur cette question cruciale : la fillette a-t-elle été violée ? J'ai appris par le légiste, en le travaillant un peu à coups de sourires et de seins en avant, qu'il n'y avait pas eu d'agression sexuelle ; je préfère quand même taire cette information, on perdra quinze pour cent de téléspectateurs le jour où elle sera dévoilée. Les gens sont des salauds.

Pauvre petite. J'ai pris soin de l'appeler « la fillette », « l'enfant », jamais « la victime », trop lointain. J'ai même glissé son prénom à un moment, « la petite Marie », pour mieux ferrer le public. Elle est à eux maintenant, ils voudront tout savoir d'elle.

Je regarde le plafond tapissé de fleurs brunes et de tiges entrelacées, et dénoue les fils de ma mémoire. Tout ce que je veux oublier me revient, dans cette hideuse bonbonnière.

Marie. C'est mon prénom aussi. Sauf que moi, c'est devant un portail que j'ai cru mourir.

J'ai onze ans et je pédale sous le soleil, fière de mon nouveau vélo à trois vitesses – enfin, c'est celui de ma sœur, on me l'a donné parce qu'elle a reçu une mobylette pour son anniversaire. Je vais voir ma meilleure amie, comme tous les samedis, à sept kilomètres de la maison, au-delà des champs et d'un petit bois où parfois passent une biche et son petit.

Je me souviens que j'étais heureuse et insouciante, heureuse du soleil, de l'odeur de ce début d'été, des papillons que je croisais dans ma course, du chant des grillons et de ma bicyclette, fringant coursier que je maîtrisais avec douceur et fermeté, à qui je m'adressais même comme à un animal docile et valeureux ; heureuse comme peut l'être une fillette qui va passer l'après-midi avec son âme sœur, et parler de tout pendant des heures, surtout d'un certain garçon de la classe dont elles sont toutes deux pareillement amoureuses, sans, étrangement, que cela suscite une rivalité ; au contraire, cette idylle commune les rapproche encore.

J'ai pris le raccourci à travers champs, pour éviter la départementale trop fréquentée ; le chemin se déroule, étroit et sinueux, un peu caillouteux, mais je sais négocier les gravillons et les nids-de-poule, séparant les cultures en ligne droite avant de serpenter entre les maïs qui forment des murets de verdure.

La voiture de sport rouge s'arrête à ma hauteur au milieu du chemin désert, l'homme dit s'être perdu et cherche la grand-route. Il me sourit, ses dents sont très blanches et ressortent dans l'ombre de l'habitacle.

On a beau nous répéter : Ne parle pas aux inconnus ; n'accepte rien de personnes que tu ne connais pas... On nous apprend aussi à dire bonjour, merci, s'il vous plaît, alors comment être impoli ? Comment ne pas répondre ? On ne nous a pas élevés ainsi, on connaît les bonnes manières, et on sait que l'insolence est punie.

Alors je lui indique la direction et je me remets en selle, mais il continue de m'interroger, voulant savoir comment je m'appelle, où je vais, ajoutant qu'il pouvait m'emmener en voiture si je voulais, il fait trop chaud pour pédaler...

J'ai regardé le petit coupé au coffre trop étroit, et j'ai dit non merci, j'ai mon vélo, toujours polie mais enfin méfiante ; il a insisté, est sorti du véhicule, s'est approché et a saisi le cadre, secouant la bicyclette, m'obligeant à descendre, *allons ne fais pas l'enfant, laisse-le ici et monte dans la voiture, je ne vais pas te faire de mal, au contraire, j'ai même un paquet de bonbons entier dans ma voiture, viens voir, c'est pour toi*. Alors j'ai abandonné mon vélo et j'ai fui sur le chemin, j'ai couru vers la ferme un peu plus loin, il courait derrière moi en criant de plus en plus fort, en disant des gros mots à présent, des ordures qui m'auraient valu une gifle si je les avais prononcées devant mon père.

Je suis arrivée devant le portail, je me disais, je me rappelle, *Merci mon Dieu*, j'allais pousser le grillage lorsque le chien a jailli, un énorme berger allemand qui s'est jeté contre la barrière, aboyant comme un forcené, tandis que l'homme arrivait déjà. J'étais là, au milieu de ces deux haines, l'homme et l'animal tous deux ivres de fureur, avec dans les yeux la même lueur meurtrière.

Alors j'ai pris à gauche, dans le champ de maïs, courant entre les épis une course éperdue, sans repères, juste le mur de tiges, un labyrinthe d'épis bientôt mûrs et de longues feuilles veinées qui me fouettaient le visage. Je n'entendais plus de cris derrière moi, était-il toujours à mes trousses, l'avais-je distancé ou au contraire s'était-il rapproché au point de me saisir, soudain, par l'épaule ou par le pied ? Mais je ne pouvais pas me retourner pour vérifier et je courais toujours, jusqu'à ce que soudain je débouche sur la grand-route. Une voiture s'est arrêtée, elle n'était pas rouge, et j'étais sauvée.

J'ai vu l'homme à la limite du champ, à demi dissimulé par la végétation, il est resté là un instant, m'a regardée, a fait un geste avec son doigt, un geste sale, puis un autre avec le plat de sa main qu'il a fait glisser le long de son cou, avant de poser son index sur ses lèvres, et il a disparu dans les feuillages. Je pleurais, tremblais, transpirais, mais quand le couple qui s'était arrêté m'a demandé ce qui m'arrivait, je n'ai rien dit.

Je n'ai rien dit non plus à ma meilleure amie, ni à mon père lorsqu'il est venu me chercher et m'a ramenée par le même petit chemin de terre, ramassant au passage le vélo abandonné en lisière de champ. Je n'ai rien dit, comme on cache à ceux que l'on aime une chose sale, un acte honteux qui pourrait les choquer, les dégoûter de vous.

Il ne m'a pas pris la vie. Mais il m'a volé quelque chose de précieux : l'insouciance ; et en échange il m'a laissé la peur. Il ne m'a pas violée, mais après toutes ces années, il est encore en moi, au plus profond de mes tripes ; et nuit après nuit je le chasse à coups de reins et d'inconnus que j'ai choisis, séduits, presque chassés, le temps d'une soirée ou d'une semaine. Ne plus jamais être une proie.

Demain, peut-être, le joli petit photographe...

La fillette

J'ai quinze ans. Cédric voudrait qu'on couche ensemble. Maude l'a déjà fait mais j'ai un peu la trouille d'avoir mal. Peut-être ce soir. Il y a une boum chez Isabelle, ses parents ne sont pas là. Elle a dit qu'elle avait de l'alcool, je ne sais pas comment elle a fait. Je n'ai bu qu'une seule fois, en vacances avec mon père et Julie, lors d'une soirée sangria et j'ai été malade. Mais c'est vrai que c'était bon, au début, les fruits sucrés et l'ivresse. Ce soir je vais essayer de ne pas trop boire. Cette première fois, il paraît qu'on s'en souvient toute sa vie.

J'ai seize ans. Cédric m'a larguée. Tobi s'est fait renverser par une voiture. La vie est moche, le lycée m'ennuie, j'ai envie parfois de disparaître.

Le doudou

Je me sens un peu coupable, c'est vrai : si elle n'était pas revenue me chercher ce soir-là, rien ne serait arrivé.

D'un autre côté, je l'avoue, je suis terriblement soulagé. Je déteste être sale. Et depuis six ans, je suis perpétuellement crasseux, humide de salive, de larmes, d'éclaboussures de rire, souillé des cuillerées de bouillies qu'on appose sur mes lèvres brodées – tu vois, doudou il aime les épinards, lui, miam miam, allez ma puce, ouvre grand ta jolie bouche – ; de pâte à tartiner qu'elle m'offre, toute gentille, pour me faire plaisir, parce qu'elle aime ça presque autant qu'elle m'aime moi ; de peinture lorsqu'elle me penche sur ses dessins encore tout frais pour mieux me les montrer ; de cheveux qui me tombaient dessus et grattaient lorsqu'elle allait au salon de coiffure – heureusement son père a imposé que je reste à la maison depuis qu'elle a six ans.

Nous étions deux dans son berceau. À côté, un superbe nounours, qui ne demandait que ça, devenir le doudou attitré, celui auquel on ne renoncera qu'à regret, dans un avenir lointain, qu'on gardera dans un placard, qu'on ressortira parfois, les jours de détresse ou d'abandon, pour partager sa peine et l'adoucir... Mais ce fut moi. Sans doute à cause de mes grandes oreilles qu'elle a pu très vite saisir, et qu'elle n'a plus lâchées. Ou de ma fourrure si douce, sans aspérités – le nounours est légèrement bouclé et, il faut bien le reconnaître, il a la livrée un peu rêche. Mais Nounours, il avait la carrure, il était né pour ça, le dévouement indéfectible, l'amour inconditionnel, les étreintes qui vous coupent le souffle, les colères qui vous jettent au sol et vous piétinent, les excuses murmurées dans le creux de l'oreille, les offrandes et les bouderies, les nuits enlacé à l'enfant rassuré, c'était chez lui plus qu'une vocation, il *était* cela, comme d'autres sont faits pour le sprint ou ont les cheveux roux. Eh bien non, il a fallu que ça tombe sur moi, qui n'aspirais qu'à être délaissé, oublié dans un coin, comme si le destin s'était emmêlé les pinceaux, trompé de rôles, et qu'il avait refusé de reconnaître son erreur.

Vous comprenez, je n'avais rien contre elle, et j'ai fait mon travail de mon mieux, mais certains aspects de la profession me répugnent. Principalement le fait de n'être que rarement lavé parce que les enfants se sentent trahis par un doudou fleurant la soupline, dénué de l'odeur familière – la leur. La sienne, celle dont elle m'a imprégné à force de me tenir contre elle, le jour, la nuit, comme une partie d'elle-même.

La maison maintenant est assez calme, du moins à l'étage – il y a plus de passage au rez-de-chaussée. De temps à autre, quelqu'un ouvre la porte, le père ou la belle-mère, tout doucement, contemple la chambre, entre avec lenteur, s'assied sur le lit ; et inévitablement, on me saisit, un nez s'enfouit dans mon pelage, pour y chercher éperdument des traces, souvenirs olfactifs, les plus durables dans la mémoire, terriblement vivants, et me voilà de nouveau trempé de morve et de larmes.

Bientôt, les fragrances s'affadiront ; et on gardera la porte fermée sur un bonheur enfui, brisé, tranché. Je resterai seul, posé sur le lit, gardant ce sanctuaire comme un tombeau vide. Je serai bien, tranquille, cela durera ce que ça durera, avant qu'on ne décide peut-être de tout raser, de faire le deuil, et d'installer un bureau dans la chambre silencieuse. Ou de vendre la maison parce qu'il est impossible d'y guérir.

Patience. Quelques semaines, quelques mois encore, puis la chambre close, le silence, la paix.

L'institutrice

Que pourrais-je bien vous dire de plus sur elle ? C'était une fillette comme les autres.

Vous savez, je n'aime pas particulièrement les enfants. Ce que j'aime, c'est enseigner. Ma fonction n'est pas de les materner, de créer une intimité, il y a des structures pour ça, à commencer par leur famille. Je ne suis pas leur amie, leur nounou, leur mère, j'ai un rôle bien précis : leur apprendre les bases du calcul et faire en sorte qu'à la fin de l'année scolaire, ils maîtrisent à peu près la lecture. Ce sont mes élèves, vous comprenez, pas mes enfants.

Nouer des liens avec eux m'enlèverait toute objectivité, et je dois rester neutre pour pouvoir juger leur travail et maintenir une discipline. Et puis à quoi bon m'attacher, puisqu'à la fin du mois de juin, ils quittent ma classe et ma vie ? Sauf s'ils redoublent, bien entendu, mais cela n'arrive quasiment jamais, comme je vous l'ai dit, j'aime enseigner et je le fais plutôt bien.

Marie n'allait pas redoubler, c'était une bonne élève, consciencieuse, appliquée, comme beaucoup d'autres, à cet âge-là, les fauteurs de troubles sont rares, des éléments isolés que je marginalise à dessein pour leur donner envie de réintégrer le groupe. Et lorsque je leur ouvre enfin une porte, ils sont la plupart du temps bien heureux de saisir cette chance de revenir au sein du troupeau.

Voilà, je n'ai pas grand-chose à dévoiler d'elle. Ah si, un trait de caractère, peut-être. Marie, contrairement à la plupart des petites filles, et même des petits garçons, n'était pas peureuse. J'ai d'ailleurs une anecdote à ce sujet, je ne sais pas si cela peut vous intéresser. Au début du mois de juin, il y a eu un violent orage. C'est au cœur de l'après-midi, vers quinze heures trente, que la nuit est brutalement tombée sur le préau, au point que nous avons dû allumer les néons. Le ciel était d'encre diluée, de cette encre marine qui tire sur le noir, et le tonnerre grondait comme un fauve qui va attaquer. Soudain, des trombes d'eau se sont abattues, dans le fracas des éclairs, la pluie tombait presque à l'horizontale, s'infiltrant entre les joints des fenêtres fermées, se frayant un chemin jusque dans la salle de classe où une rigole s'était formée. J'avais fait reculer jusqu'au mur d'en face, le plus loin possible des carreaux, les enfants terrorisés, car il s'était mis à pleuvoir des grêlons d'une taille impensable, gros et blancs comme ces boules de polystyrène dont on fabrique les têtes de personnages durant les séances de bricolage, mais durs comme des billes de bois, et qui s'amoncelaient dans la cour de l'école. Je n'en menais pas large, je l'avoue, devant ce déchaînement presque biblique des éléments, et tous les enfants pleuraient bruyamment, couvrant presque de leurs sanglots que je n'arrivais pas à calmer le tambourinement de la grêle sur les vitres et le tonnerre au-dessus de nos têtes. Leurs cris ont redoublé lorsque les lumières se sont soudainement éteintes, plongeant la salle dans la pénombre déchirée d'éclairs. Je les ai donc fait sortir de la salle dans le couloir, où les veilleuses qui couraient le long du plafond restaient en marche, alimentées par le groupe électrogène, et d'où ils ne pouvaient plus voir l'orage, les torrents d'eau qui charriaient des feuilles arrachées et des branches grosses comme un bras. Tous pleuraient donc, sauf Marie. Et quand j'ai entraîné les enfants, elle est restée seule dans la classe, et s'est même rapprochée un peu des fenêtres pour mieux voir le déluge, et le noir du ciel que striaient les griffes aveuglantes des éclairs. Je l'ai rappelée et elle m'a suivie à regret, avec sur le visage une expression éblouie – il faut dire que c'était effrayant mais magnifique. Après, elle s'est mise à pleurer aussi, mais je pense que c'était davantage pour faire comme les autres, se mettre à l'unisson, rester dans le cercle.

Finalement, l'image la plus nette que je garde d'elle, c'est cette silhouette menue vue de dos dans cette obscurité singulière, ces nattes blondes d'où s'échappaient quelques épis que la tempête allumait comme des feux follets et éteignait tout aussi soudainement, alors que je la regardais depuis le seuil de la porte, n'osant presque la soustraire à ce spectacle fascinant, cet instant de violence et de magie, avant de la ramener à nous de peur que le verre ne se brise et ne la blesse.

Le curé

– Une deux une deux… On m'entend bien là ?

– Parfaitement bien, Monsieur le Curé.

– Même au fond ?

– Absolument, et votre voix porte merveilleusement.

– Allons, Madame Perret, au lieu de me flatter, appelez-moi Tony, il est où Tony ?

– Je suis là, Mon Père.

– Bien. Vous avez rajouté des bancs au fond ?

– Oui Mon Père, mais on n'en a plus, on a tout mis mais maintenant on n'en a plus.

– Même ceux de la salle des fêtes ?

– Oui, Mon Père, on n'en a plus.

– C'est bon, Tony, j'ai compris, d'ailleurs ce n'est pas si grave, les gens resteront debout, on pourra en mettre davantage. Les bougies à demi consumées on les enlève, ça fait étique, et on en met des nouvelles qu'on allumera au dernier moment, devant chaque autel, j'espère qu'on a assez de stock mais ça devrait aller, c'est pas avec ce que mes ouailles brûlent que le fonds fond...

– Oh, Monsieur le Curé, quand même...

– Voyons, Madame Perret, ne faites pas cette tête, Dieu nous a donné l'humour et Bobby Lapointe, il n'y a pas de mal à ça. À propos de musique, la sono est prête, Tony ? Vous avez vérifié l'enchaînement ? Ils ont choisi quoi, déjà, les parents, Schubert ou Gounod ?

– Schubert, Monsieur le Curé. Et une chanson de Francis Cabrel, *Petite Marie*.

– Ah, c'est bon ça, ça va faire pleurer la France entière !

– Oooh... Monsieur le curé !... Quand même !

– Madame Perret, ne soyez pas naïve, on n'attrape pas les mouches avec du vinaigre ! Si vous voulez qu'on répare enfin le clocher, avec les meilleurs artisans, il faut que cette messe reste dans tous les esprits, que les gens viennent de l'autre bout du pays pour se recueillir devant l'autel de la Vierge, brûler un cierge, et donner à la quête. Et d'ailleurs, la Vierge, elle est époussetée ? Tout doit être nickel, Madame Perret, l'évêque va regarder.

– Oui Monsieur le Curé, et j'ai même enlevé les fleurs en plastique, elles étaient un peu passées.

– Excellente initiative, Madame Perret. De toute façon il y aura des fleurs partout, surtout des lys blancs, j'ai croisé la fleuriste hier en allant chercher le pain, elle m'a dit qu'elle avait tellement de commandes qu'elle avait dû faire appel à des élèves de l'école d'horticulture. En parlant de pain, j'espère qu'on aura suffisamment d'hosties, tout le monde va vouloir communier, même si je n'en ai pas beaucoup vu en confession ces derniers temps. Et ma chasuble, elle est un peu froissée on dirait, vous ne trouvez pas, Madame Perret ?

– Pas vraiment, Monsieur le Curé, mais je vais la repasser une deuxième fois si vous préférez. J'ai pris celle avec les petits pompons dorés, vous êtes si beau avec, on dirait un saint.

– Ne blasphémez pas, Madame Perret.

– Pardon, Monsieur le Curé. Je ne voulais pas.

– Je sais, Madame Perret, vous êtes toute pardonnée, vous êtes une bonne personne, d'ailleurs qu'est-ce que je ferais sans vous…

– Je crois que vous feriez avec Madame Lefebvre, elle rêve de vous assister au presbytère.

– À propos d'assistance, on en est où avec les enfants de chœur ? Il m'en faut au moins six. Les plus jeunes. Le petit Bontemps, il passerait bien, non ? Par contre vous me virez Nicolas, trop de taches de rousseur, ça ne fait pas solennel. Et je veux du solennel ! Oops. Ah là là, on aurait dû réparer la chaire, depuis le temps que je dis qu'il faut recoller la marche. Manquerait plus que je me casse la figure. Tony, vous me réparez ça avant demain. Et vous, Madame Perret, cirez-moi la rampe et les grotesques. Faites-moi rutiler le ciboire. Et le triptyque, ils feront sans doute un gros plan sur le triptyque, dépoussiérez-moi tout ça, et virez-moi les affiches sur les portes, il faut du dépouillé. Ça va être grandiose, bon sang ! Pardon Seigneur. Mais je Vous le promets, Vous l'aurez, Votre clocher.

La fillette

J'ai vingt-deux ans. La petite expo de photos « Afrique en noir et blanc », qui illustre mon mémoire de diplôme, est un vrai succès, je suis si contente ! J'ai même eu trois commandes. Toujours la même image, celle de ce baiser sous une porte cochère, lui très sombre, que l'on distingue à peine dans le renfoncement de la porte, elle si pâle, comme happée, redessinée par les bras qui l'enserrent. Un homme est venu la regarder de tout près, si près que son nez frôlait la vitre. Je me suis approchée, flattée, avec un sourire un peu vain – comme j'ai honte de cet accès de fatuité… – il a juste tourné une seconde la tête vers moi puis s'est replongé dans sa contemplation, en disant J'ai oublié mes lunettes. *J'ai rougi sans doute, et il a ajouté* Mais je reconnais que je suis fasciné. Leur histoire ne va pas durer. Vous voyez, c'est typique, la jeune femme a les yeux fermés, elle est toute à leur enlacement, et lui la regarde en l'embrassant. En la regardant, il s'éloigne d'eux. *Il s'est tu un instant puis a ajouté, pensif,* L'image est belle, vraiment, mais lui est un fieffé butor.

Il a des cheveux un peu fous, qui lui donnent l'air d'un étudiant, mais je crois qu'il a déjà largement la trentaine, et cette expression légèrement ensommeillée qu'ont les myopes sans leurs verres.

La salle se vide peu à peu, je me sens à la fois heureuse, soulagée, et un peu triste que s'achève cette soirée, pleine et étrangement incomplète... Ne reste plus que cet homme drôle et touchant qui, sa veste sur l'avant-bras, hésite sur le palier, fait un pas vers le trottoir, revient et me dit Venez, on va manger une choucroute, ça remet les idées en place, la choucroute.

Nous buvons un blanc aigrelet qui me fait tourner la tête, ou alors c'est l'épuisement, celui qui s'abat sur vous subitement, comme une chape presque tendre, ce relâchement qui accompagne la fin d'une attente, un dénouement ; mais peut-être est-ce lui qui me donne cette espèce de vertige heureux. Il m'intimide un peu, mais il me fait rire, avec ses mots anciens et ses comparaisons insolites. Plus tard, tandis que nous marchons dans la nuit désertée, nos corps n'arrêtent pas de se heurter malgré nous ; à chaque frôlement, nous nous éloignons précipitamment, un peu gênés, mais sans cesse ils retournent l'un vers l'autre, nous devons avoir l'air ivres et sans doute le sommes-nous un peu. Devant la porte de mon immeuble, alors que je cherche un peu fébrilement mes clés dans mon sac pour cacher mon trouble, hésitant à l'inviter, il cueille mon visage de sa main dans un geste charmant, et m'embrasse ; je sens son haleine acide de baie et de vin trop jeune, mais c'est bon, et lorsque j'ouvre les yeux, je vois que les siens sont fermés ; alors très vite je bats des cils, pour le rejoindre sous mes paupières closes.

La nonagénaire

– Bonjour, Madame Lathuilière ! C'est moi, Marguerite, je viens pour votre toilette ! Comment ça va, ce matin ? On a bien dormi ?

– Offff… Fous fafez… Comme fi, comme fa…

– Attendez, Madame Lathuilière, je vous passe votre appareil.

– Merci bien, ma mignonne… Ah là là, je vous en cause, du souci, hein, tout impotente, à gaspiller votre temps…

– Allons allons faut pas dire ça, Madame Lathuilière ! Ça nous fait plaisir de vous avoir avec nous ! Et puis vous êtes une star, depuis qu'on a mis votre photo dans le journal pour votre anniversaire… À propos de journal, vous êtes au courant ? Pour la petite fille ?

– Comment ?

– LA PETITE FILLE… Vous savez, celle qu'on a retrouvée morte devant chez le père Bonnetain.

Quelle histoire… Au début, on a parlé d'un accident, mais aujourd'hui, on dit qu'il s'agit d'un crime…

– De quoi ?

– UN CRIME !!!

– Aahh…

– Oui… C'est tellement affreux… Et bien triste… Soulevez-vous un peu, Madame Lathuilière, voilà, comme ça, parfait. Vous me dites si c'est trop froid. Une si jolie fillette… C'est si injuste…

– Ah ça oui, ma petite Josette…

– Moi c'est Marguerite, Madame Lathuilière, Josette, c'est celle de l'après-midi.

Injuste. C'est le mot. La gamine, elle avait la vie devant elle, et je dois encore laver ton cul et te promener tous les matins dans tes douze mètres carrés pour éviter la thrombose. C'est pas de ta faute si t'es vieille et qu'elle est morte, mais je te prie de me croire qu'il y a quand même quelque chose de pourri dans le royaume du Danemark.

– … Marguerite, bien sûr, pardon… C'est que j'ai plus toute ma tête, hein ! J'ai plus d'yeux, plus de dents, plus d'oreilles et je me fais pipi dessus. C'est vrai que c'est pas juste, cette petite fille avait tout, de l'avenir et une bonne vessie, et c'est elle qui s'en va… Alors que je suis encore là, à vous donner de la peine…

– Mais nooon Madame Lathuilière, faut pas penser une chose pareille, je vous l'ai dit, ça ne nous gêne pas, on vous aime toutes beaucoup ici !

– C'est bien gentil à vous… Mais je vous le dis, c'est moi qui aurais dû partir, pas cette enfant en pleine santé.

– …

– …

– Voilà, j'ai terminé ! Bon, Madame Lathuilière, je dois y aller, j'ai Madame Ravel qui attend sa toilette. Je vous laisse la porte un peu entrouverte, ou vous préférez être tranquille ?

– De quoi ?

– LA PORTE… ouverte ? fermée ?

– Merci ma jolie, vous pouvez laisser ouvert, j'aime bien regarder passer les gens depuis mon lit. Par contre, si vous pouvez redresser un peu mon oreiller…

– Voilà, Madame Lathuilière, comme ça c'est bien ?

– C'est parfait, vous êtes bien mignonne.

– Bien, alors à plus tard, Madame Lathuilière.

– À plus tard, ma petite Josette.

Pas juste, c'est sûr. Plus d'yeux, plus de dents, plus d'oreilles... Mais quand même, je suis bien contente que ça soit pas tombé sur moi.

Le cantonnier

Ils m'énervent avec leurs rubans. Peux pas faire mon travail, moi. La rigole est sale, il y a des feuilles mortes dedans. Et il y a du sang qui a séché sur la route aussi. Par contre, plus un papier qui traîne, ni un mégot, ils sont méticuleux les gendarmes.

Méticuleux. J'aime bien ce mot. J'aime bien les mots en général, ceux qui ont des drôles de sons, qu'on a pas l'habitude. Méticuleux, c'est Monsieur le Curé qui me l'a appris, quand je balaie l'église, il me dit toujours : Tony, il faut être méticuleux.

N'empêche, même si c'est propre à l'intérieur des rubans, il y a la tache sur le bitume qu'on a entourée d'un trait à la craie, comme les marelles des enfants dans la cour de l'école, certains dessinent des bonshommes même si c'est défendu, c'est moi qui nettoie après alors la craie, je connais. Et il y a cette poignée de porte. Avec aussi du sang dessus. J'aimerais bien la nettoyer mais je n'ai pas le droit. Les gendarmes ont mis des pantoufles en plastique et des gants, on aurait dit des cosmonautes, et ils faisaient des prélèvements. Ce mot-là, c'est Monsieur Jean-Pierre, le comptable de la mairie, celui qui m'aide avec mes fiches de paie et les impôts et toutes ces choses de l'Administration, qui me l'a expliqué : Tony, il faut autoriser la banque à faire des prélèvements, comme ça vous n'aurez pas à vous occuper de la paperasse, les factures de téléphone, l'électricité, et tout ça.

Il regardait avec moi et d'autres, j'avais ma brouette et mon balai mais je n'avais pas le droit. Les autres regardaient simplement, ils étaient curieux. Une petite fille a été assassinée ici, celle qu'on enterre demain, et il faut bien tout préparer l'église à cause des journalistes qui vont filmer. Heureusement, ce n'est pas moi qui l'ai trouvée, j'aurais eu si peur ! C'est le voisin, il paraît, en rentrant de la fête. Lui aussi il a eu très peur. Il était très choqué, ils l'ont dit aux informations. Ils ont dit aussi que ce n'est pas lui le coupable, il a été in-no-cen-té. Il était très choqué.

Si c'est moi qui l'avais trouvée, on aurait pensé aussi que j'étais le coupable, et je n'aurais rien pu dire. Je n'ai pas d'alibi, le journal a dit que le voisin avait un alibi, moi je n'en ai pas, je n'étais pas à la fête parce que je voulais me coucher tôt, après la fête il faut tout nettoyer et je voulais être là le premier, bien sûr il y a ceux de la voirie avec leurs camions et des machines, mais j'aime bien que les gens voient que Tony, il sait se rendre utile avec sa brouette et son balai, ça on peut pas dire qu'il est payé à ne rien faire, Tony, toujours le premier arrivé et le dernier parti, et ça rutile !

Rutiler, c'est aussi un mot de Monsieur le Curé : *Madame Perret, faites-moi rutiler le ciboire*. J'aime bien Madame Perret, quand elle a trop fait de coq au vin pour Monsieur le Curé, elle m'en met dans une boîte en plastique, ça s'appelle un tupère.

Le sang sur la poignée de la porte a la même couleur que la sauce de Madame Perret.

La fleuriste

Des lys. Ils veulent tous des lys, blancs bien sûr, et puis des roses blanches également. J'ai dû engager plusieurs élèves de l'école d'horticulture pour m'aider à préparer les gerbes et passer commande auprès de quelques collègues pour me ravitailler, mais en attendant, ils ont tout raflé, comme il n'y avait plus de lys ils ont pris d'abord les tournesols, les marguerites, les gerbéras, les orchidées en pot, même les fleurs en tissu que j'ai pourtant du mal à écouler ; les chrysanthèmes, bizarrement, sont partis en dernier.

Au fur et à mesure que le stock s'amenuisait, j'ai dû rationner, à la guerre comme à la guerre, et je me suis mise à vendre les fleurs à l'unité, en disant que c'est le geste qui compte, que cela convient mieux à une petite fille, que c'est plus émouvant, cette petite fleur un peu fanée qu'ils pourraient déposer sur sa tombe ; n'empêche que fanée ou pas, je n'ai pas cassé les prix, en fait j'ai même un peu majoré mes tarifs, il faut bien vivre.

Tout le village est passé dans mon magasin, enfin presque parce qu'il y en a que rien ne touche, et d'autres qui ont des plates-bandes ; du jamais vu, même quand la jeune prof de biologie a été tuée dans un accident de voiture, ou plutôt de tracteur puisqu'elle s'est fait renverser par le père Belfils qui allait aux champs avec un peu trop de mirabelle dans le cornet, il y avait pourtant tous les élèves et le corps enseignant, ça fait du monde, mais rien à voir avec aujourd'hui, avec tous ces inconnus qui ont débarqué, des gens de tout le département et même de plus loin. J'ai aussi reconnu des têtes que je n'avais pas vues depuis des années, plus ou moins proches des parents, même le fils Moissonnier – celui qui est parti vivre dans le Sud – est passé, mais il ne voulait pas acheter de fleurs pour la cérémonie, il cherchait quelque chose pour offrir, en fait il voulait une azalée.

La fillette

J'ai vingt-sept ans. Le voile dans mes cheveux et les larmes dans mes yeux sont du bonheur fluide, liquide. Devant tous nos amis, je lis le poème que j'ai écrit pour toi, et toi aussi tu pleures en me souriant.

La pièce montée est en macarons, pistache bien sûr, mais aussi framboise, mangue, passion, rose, cannelle, café, truffe et noisette. Le macaron me semble la plus gracieuse des friandises, il a l'air tout simple, deux coques croquantes enserrant une ganache fondante, mais on devine toute la complexité dans l'élaboration de ces deux contraires qui s'épousent si bien ; oui, pour moi le macaron symbolise parfaitement le mariage ; un bonheur attendu aux parfums subtils et parfois déroutants, des textures si différentes qui réussissent à former une harmonie totale.

En fin d'après-midi, un orage bref mais violent s'est abattu et a bien failli gâcher la fête, l'apéritif étant servi dans le jardin, sous des tentes trop fragiles qui égayaient simplement la pelouse et protégeaient de leur ombre un peu étouffante les tables garnies de nappes de coton blanc ourlé et de bouchées salées. Tous les invités se sont rués, avec assez peu d'élégance malgré leurs belles parures, dans les salons où le dîner serait servi. Nous sommes restés seuls, mal abrités par l'un des dais qui dégoulinait sur ma robe et mes chaussures de satin, et nous avons regardé ensemble ce feu d'artifice imprévu comme l'écho d'un souvenir d'enfance. Mais cette fois, nous étions deux à contempler le ciel.

La pluie s'est arrêtée assez rapidement et nous avons gagné l'intérieur du château, je m'appuyais fort à ton bras, mes talons s'enfonçant dans l'herbe détrempée, tu m'as finalement saisie et portée maladroitement jusqu'aux grandes baies vitrées restées ouvertes et d'où nos amis nous regardaient avec étonnement ; c'est une mariée crottée, dont le voile délicat a gardé l'odeur de la pluie et de la poussière mouillée, que tu vas faire valser sur le parquet de chêne, il y a un peu de terre sur ta manche gauche, là où mon soulier t'a effleuré lorsque tu m'as soulevée, et j'aime que tout ne soit pas parfait, ces petites salissures qui nous laissent présager les incidents futurs, des tempêtes, des éclaboussures, des noirceurs qui terniront parfois notre mariage, mais avec lesquels nous saurons vivre et danser.

Le moine

Minuit et quart.

Il ne sait plus s'il dort ou s'il prie. De toute façon, il ne chante pas. Il ne chante plus depuis si longtemps... Musique enfermée, notes jamais envolées comme des serins piégés sur le bord d'une fenêtre close.

Comment avez-Vous pu permettre cela ?

Cela fait près de cinquante ans que je vis avec Vous, pour Vous, parce que je crois en Vous. Que je Vous ai tout donné de moi, passé, présent, futur. Mais là, je ne sais plus.

Sa foi vacillait comme la flamme hésitante des cierges éclairant le sanctuaire, que les mouvements d'air frais du petit matin faisaient trembler dans la chapelle silencieuse ; elle lui semblait toujours près de s'éteindre, battue et ébranlée, mais dès que le vent rebelle s'affadissait, elle s'enflait à nouveau, tenace, faible point lumineux faisant naître autour de son fragile halo des pans d'ombre inquiétants, des zones troubles et ténébreuses.

L'odeur de cire domine l'office de matines, et la fatigue est presque palpable. Le silence à nouveau, que les respirations de deux frères âgés ponctuent de râles en pointillé, en suspension. Encore deux qui ne finiront pas l'année sans doute. La terre les attend, plus vivante qu'eux, plus chaude, chair de glaise et de pierres sur la route des vers aveugles.

Les chants ont repris, hymnes austères, psaumes monotones et sublimes, après la prière. Le rythme est lent comme le temps, comme l'éternité. Il aime cette sobriété que n'altère aucun instrument, ces mélodies carrées et prophétiques aux nuances à peine perceptibles, dont le dépouillement fait écho au dénuement de la vie érémitique. Au début, la voix se rebelle, voudrait s'envoler, varier ses notes, élargir sa gamme. Puis elle cède peu à peu, et trouve dans cette mortification un apaisement magnifique, à l'image du frère qui découvre la sérénité dans le renoncement, la nudité, la simplicité. Qu'en est-il aujourd'hui de cet apaisement qu'il chercha, reçut, et qui se met à le fuir ?

Ô la lenteur des heures que le clocher accueille avec soulagement. Dans le Vermont, où il était né, les feuilles allaient bientôt virer au rouge, incendie de couleurs avant la chute. Il songea qu'elles au moins auraient connu la flamboyance, l'or ultime après un printemps un peu fade.

Souffrir finalement, c'est vivre quand même. Est-ce que je vis ici ? Cette existence détachée du monde, austère, n'est-elle pas une sur-vie, ou bien plutôt une sous-vie, vie au rabais dénuée de tout ce qui lui donne sa saveur, orages mais éclaircies, souffrances atroces qui vous plient au ventre et bonheurs inouïs, cicatrices refermées comme des scarifications.

Mes contradictions me déchirent ; il m'a fallu tant d'années pour apprendre que le prix à payer n'est jamais trop élevé, qu'on possède en soi assez de richesses pour s'acquitter de l'obole, tonneau des Danaïdes inépuisable et sans cesse renouvelé.

Il serait faux de croire que je n'ai jamais eu envie de pousser les portes pour voir ce qu'il y avait derrière, quitte à ce qu'elles se referment dans un claquement brutal et définitif, ou tout doucement, sans larmes et sans regrets. Faux de penser que je n'ai jamais regardé les femmes qu'avec amertume et désespoir ; certaines m'ont fait vibrer, rêver, m'ont soulevé la poitrine comme si je reprenais mon souffle après un lent étouffement ; j'ai senti parfois une chaleur intense allumée dans un regard dans un geste dans un sourire. Parfois j'ai espéré, j'ai attendu quelque chose sans oser aller vers cette rencontre, m'aventurer dans ces jardins blottis derrière des murs que meurtrissent les lierres. Des citadelles, des maisons de maître enfouies au fond de parcs clos de hautes ceintures et ornés de portails immenses qui auraient pu me laisser un passage. Je restais derrière les ventaux, n'avançant jamais jusqu'à la lourde serrure qui aurait pu céder sous ma main, craignant peut-être des chiens de garde, des ronces et des friches. J'avais peur du coup de fusil ou plus encore du désert d'une maison inhabitée.

Être au pied de murs dont on ignore ce qu'ils entourent et protègent ou défendent, qui nous excluent et nous laissent au-dehors comme les lépreux derrière le pont-levis encadré d'archers. Mes murs à moi mes murs choisis m'enferment sans doute mais me donnent le sentiment d'être

« à l'intérieur ». Intra-muros est pour moi l'échappatoire.

***

Ma mère. Mère des terres polaires, y avait-il un feu qui couvait sous tes glaces ? Un cœur qui palpitait dans ta poitrine corsetée, écrasée, niée derrière les baleines et le tissu de la vertu ? Quels sentiments agonisaient derrière tes principes, quels élans battus dans leur cachot, quelle tendresse tenue en laisse comme un bâtard ?

Croire que je suis passé à côté d'un bonheur possible m'est doux et me réconforte davantage qu'admettre ce bonheur illusoire. Je préfère imaginer, au-delà de ta froideur, des trésors d'amour pieusement thésaurisés comme des lingots derrière l'épais mur d'une cave sombre et glacée. Espérer que cet or existait me rend plus riche dans ma dépossession.

***

Aimer Dieu qui ne demande et ne refuse rien. Pas d'effusions, pas de corps à corps. Pas de danger en somme : Dieu ne donne pas de coups.

Du moins c'est ce qu'il croyait jusqu'à ce jour.

Je Vous ai tout donné parce que je croyais en Votre Bonté.

Lorsque les enfants montent de l'école du bourg, dans des cars bondés qui peinent sur les routes aux lacets encadrés de neige, il entend leur rumeur joyeuse, les cris enthousiastes ou réticents qui accompagnent l'installation des skis de fond pour les plus grands et des luges pour les CP, les directives des enseignants qui les enjoignent à s'aligner pour la promenade à travers les bois blancs ; et à leur retour de balade, lorsque parvient jusqu'à lui le brouhaha du goûter qu'ils prennent dans le local prêté par le Père supérieur, il ne sait plus très bien si ces voix naïves évoquent en lui l'enfant qu'il n'a jamais eu ou celui qu'il a été un jour.

Seigneur, je connaissais cette fillette, je l'ai vue rire en dévalant la pente sur la luge de bois, à travers les barreaux de ma cellule. Pourquoi Mon Dieu ? Entre quelles mains ai-je remis mon destin ?

Je suis l'Écho et je me réponds à moi-même dans le vide de ma cellule nue. Les années m'enferment plus sûrement que les murs de pierre et j'ai peur.

Et si, cherchant si près de Vous, j'avais cherché bien trop loin de moi-même ?

Le voisin

– Tiens, Émile ! Ben alors ? T'es pas au Lion d'or ?

– Eh non, la Marthe elle est débordée, avec tout le gratin qui loge dans son hostellerie, elle a plus une minute pour nous servir nos momies ; elle fait sa bourgeoise côté restaurant, elle nous regarde même plus ; et la petite jeune qu'elle a embauchée pour servir au bar, elle y connaît rien aux boissons, elle se trompe tout le temps de couleur, et sur la joue elle a un grain de beauté avec des poils, ça me rebute. Alors j'ai fui le QG. Mais je peux te dire, elle fait un mauvais calcul, la Marthe. Un de ces quatre ils vont repartir, les gens de Paris, et tous ces branle-musards vont l'oublier ; mais nous on va rester, et on se souviendra.

– Ça se paiera un jour, le mépris et les grands airs, c'est sûr. T'en reprends une ?

– C'est pour moi. Maurice, deux momies ! Ben et toi, au fait, pourquoi t'es pas au Café des Sports ?

– M'en parle pas... Y'a toujours Bonnetain et sa cour, ils décarrent plus. Et le Lucien, il me les mouline, avec ses discours ; il est là, à gonfler le jabot, et à essayer de nous faire croire que ça l'échauffe, d'être une vedette, faudrait presque le plaindre, encore ! Je supporte plus. Déjà que ça fait trente-cinq ans qu'il me pique mon soleil avec son sapin qu'il a jamais voulu couper, même que ça a donné de la déprime à Renée mais il a rien voulu savoir. Trente-cinq ans qu'il entretient pas son muret qui part en couille pierre après pierre et finira par s'effondrer dans mes hortensias. Qu'il coupe pas les branches mortes de son cerisier et qu'elles choient dans ma pelouse, ça fait plein de petits débris tout vermoulus qui vont contaminer mes arbres.

– Ah oui, le fameux cerisier à cause de duquel qu'il verrouille...

– Tu parles d'un vantard, c'est trois fruits, qu'il donne, et encore, je parle des bonnes années. Non, le Lucien il verrouille parce que c'est un fourbe, et il est là, à mentir devant les journalistes, alors que le mien, de cerisier, c'est quand même autre chose ! Là on tape dans le haut de gamme, dans le fruit authentique, dans le généreux... Et il a du mérite, avec cette charognerie de sapin qui lui vole la lumière et l'oxygène...

– Il faut admettre que c'est pas de bol, la porte de ton jardin elle est à quoi ? Trois mètres ?

– À peine, et tu te rends compte, lui, avec sa porte écaillée, c'est tout un quartier qu'il déshonore, alors que la mienne, faut voir comme je te l'entretiens, poncée et repeinte tous les cinq ans, et les gonds toujours bien huilés, et tu veux que je te dise, au moins, ma porte à moi, elle est toujours ouverte.

– Trois mètres, et c'est devant chez toi qu'on la trouvait, la pitchoune, ton blaze dans le journal et ta binette à la télé...

– Faut pas qu'on se méprenne, j'ai pas dit que j'aimerais être à sa place, hein. Moi tu me connais, je suis un discret, pas le genre à pavoiser ni rien, à me faire payer des tournées pour raconter mes malheurs ou à mettre une cravate pour passer à la télé ; non, j'aurais pas voulu que ça soit moi ; simplement, j'aurais voulu que ça soit pas lui.

Le gardien du camping

La mort est comme la foudre, quand elle tombe tout près, la peur nous étreint, on ressent le besoin de se protéger, puis de vivre plus fort, plus vrai. Comme pour ne pas laisser derrière soi une empreinte qui ne nous ressemblerait pas.

Il y a d'abord eu cet incendie, non loin d'ici, au camping de la Ricarde. Sans doute criminel, comme toujours, mais on n'a pas encore trouvé le coupable. Absence de preuves. Les feux de garrigue, dans la région, on a l'habitude, mais cette fois, sans savoir pourquoi, j'y ai vu un signe.

Puis cette information au journal de vingt heures. Comme un deuxième coup de semonce. Le village. Le mien autrefois. Cette fillette inconnue, ombre tragique de celle que je n'ai pas cherché à rencontrer et dont je ne sais rien. Est-ce que tout arrive aussi brutalement, tout ce qu'on croit solide durable définitif et qui s'avère fétu de paille qu'un souffle emporte ? Est-ce qu'il est temps pour moi de changer ma vie ?

C'est par sa sœur que j'ai appris que j'avais une fille ; enfin, sa sœur à Elle, croisée chez la fleuriste peu avant mon mariage, alors que j'étais venu voir mes parents pour leur annoncer la nouvelle et leur présenter ma fiancée. Elle m'avait murmuré ça, penchée au-dessus d'une azalée au rose soutenu, ce rose qu'ont les lauriers au bord des chemins de plage. *Je ne devrais peut-être pas te le dire, mais je crois que tu as le droit de savoir.* C'était tellement inattendu, presque surréaliste. J'ai fait semblant de ne pas avoir entendu. Elle n'a pas insisté, et j'ai repris ma vie et les préparatifs de mes noces. Mais j'ai acheté l'azalée.

J'ai renoncé à la connaître et j'ai gagné le Sud avec mon épouse. Je me suis construit une vie bien arrangée, entourée par des mobile homes et de hauts murs de pierres plates que vient parfois flatter une branche de bougainvillée. Je me sens bien dans ce petit monde, quadrillé comme le terrain de hand-ball d'un gymnase aux tapis de sol presque semblables à ceux que de jeunes campeurs déroulent aujourd'hui dans les minuscules tentes qu'ils portent sur leur dos comme une liberté absolue.

Moi, j'ai subi les principes qui grèvent le village de mon enfance comme les points blancs le chapeau d'une amanite. Une erreur de jeunesse... Comme si les deux termes étaient indissociables. On confond bien-être et bonheur. Seule la jeunesse peut apporter la joie d'être, sans entraves, sans l'expérience qui n'apporte que prudence et renoncement. J'ai appris, je suis devenu adulte ; j'ai accepté le joug de la sagesse.

J'ai deux fils et je les adore, c'est bien naturel, et une femme aimante comme on ne pourrait en rêver. Certains me diraient comblé, et c'est que je pensais aussi. Alors pourquoi aujourd'hui voir dans ces coïncidences des messages, pourquoi cette urgence de ne pas rater ma chance de pousser le portail et de courir comme si je ne devais jamais m'arrêter jusqu'à Elle, jusqu'à ce qui aurait dû être moi ?

La fillette

J'ai trente ans. Mon bébé tu es là sur mon ventre et ça me fait une boule de chaleur, je te regarde tu es si belle, si petite et si parfaite, je sais déjà que je vais t'aimer au-delà de tout, que cela me fera souffrir souvent, et que plus souvent encore j'en étoufferai presque de joie.

Je sais déjà tout ce bonheur à vivre, et qu'être mère, c'est ne plus pouvoir entendre au loin la sirène d'une ambulance sans un pincement au cœur quand tu n'es pas là. T'aider à grandir, et à partir ; assister impuissante à tes chagrins d'enfant, tes désespoirs de jeune fille, être là simplement si tu le veux, et te regarder vivre tes joies si intenses où je n'ai pas ma place mais qui m'irradient et me donnent un sentiment d'accomplissement.

Tout te donner, sans rien attendre, et pourtant tant recevoir.

Le père

– Comment osez-vous, bande d'abrutis ?!

– Allons, Monsieur, restez poli. Nous comprenons tout à fait et nous compatissons, mais c'est la procédure, nous ne pouvons exclure personne, vous seriez le premier à nous le reprocher.

– La procédure ? Me garder enfermé dans votre bureau pourri, à me poser des questions minables, avec qui j'étais ce soir-là, est-ce que quelqu'un peut confirmer ma présence à la buvette, – d'ailleurs rien qu'avec le mot buvette, je vous sens déjà soupçonneux –, est-ce que je me suis absenté dans la soirée, et j'en passe, avec vos regards qui jaugent, évaluent, jugent, alors que Marie... ma petite fille... au lieu de chercher le salaud qui...

– Nous savons bien tout ça, Monsieur, c'est normal que vous réagissiez ainsi, mais nous devons écarter toutes les pistes, vous voyez, et malheureusement, on doit commencer par les proches, il se trouve que statistiquement...

– Je m'en contrefous de vos statistiques, je suis son père, bon sang ! Comment pouvez-vous imaginer un seul instant que j'aurais pu...

– Nous n'imaginons rien, Monsieur, nous écartons des hypothèses, et d'ailleurs nous venons tout juste d'apprendre que vos amis ont confirmé que vous ne les aviez pas quittés de la soirée, et, nous citons : à l'heure du crime, l'institutrice s'est jointe à [nous] pour dire qu'elle avait toujours la photo de classe que [son père avait] commandée et que Marie avait oubliée dans son casier, et... Allons, Monsieur... Nous sommes vraiment désolés... Tenez, prenez un kleenex... Nous allons vous raccompagner chez vous dès que vous vous sentirez mieux ; vous êtes libre.

– Aller mieux ? Être libre ? Mais de quoi vous me parlez, là ?... Celui qui est libre, c'est le salopard qui en ce moment précis se balade peut-être dans les rues de cette ville, alors que même le jour où on l'aura coffré pour quinze ou vingt ans, même si je pouvais le trouver le premier et le crever, oui, le crever, vous m'entendez, car vous pouvez être certains que je n'hésiterai pas une seconde, même quand justice sera faite comme on dit, je ne serai plus jamais libre.

La sœur de l'expatriée

Ma chère Katie,

Si tu savais comme je regrette de t'avoir envoyé cette photo... Même si je me dis que de toute façon tu aurais eu vent de l'affaire par les informations ou le journal. Sans doute est-ce mieux que ce soit moi qui te l'ai appris.

Je voudrais tant que tu sois là aujourd'hui... Peut-être que tu pourrais venir ? Oh oui, je voudrais tant que tu viennes !... Mais d'abord...

Il faut que je te dise, je ne sais pas comment, c'est si confus dans ma tête... J'ai essayé de te téléphoner tout à l'heure, mais à la troisième sonnerie, j'ai raccroché. Peur de ne pas trouver les mots, je n'ose pas, je n'en ai encore parlé à personne tu sais, et comment dire ça... je ne peux pas, j'aurais peur d'entendre ces mots que je prononce, pourtant il faut que quelqu'un sache, partage ce fardeau et qui mieux que toi...

Alors voilà... Je crois que c'est lui. Je crois que c'est Jean-Pierre qui a fait le coup.

Le soir de la fête (la fête... comme ce mot est maintenant incongru !), nous ne sommes pas sortis, tu sais qu'il n'aime pas les flonflons ni les pétards, et qu'il déteste la foule surtout lorsque les gens ont un peu bu ; moi j'aurais bien voulu aller au bal, il y a tellement longtemps que je n'ai pas dansé, mais bon, nous sommes restés à la maison et avons regardé la télévision.

Vers vingt-deux heures, Jean-Pierre est sorti faire sa promenade, comme chaque soir, il aime bien marcher une demi-heure dans la nuit, à la lumière des réverbères, il dit que cela l'aide à trouver le sommeil après une journée passée dans les colonnes de chiffres. Parfois je l'accompagne, mais rarement, je sais qu'il préfère marcher seul, il ne veut même pas de chien alors qu'au moins, promener un chien, cela fait du sens, mais non, ce qu'il aime, c'est ce moment de solitude qui lui permet de se relaxer.

Quand il est rentré, j'étais déjà couchée, souvent quand il revient je dors déjà, mais ce soir-là, la musique et les éclats de voix qui venaient de la place du village me tenaient éveillée, alors j'avais pris un roman et je lisais.

Il est allé directement à la salle de bains, sans passer par la cuisine où d'habitude il va boire un verre d'eau avant de monter. Je l'ai entendu fouiller dans le placard, ouvrir le robinet, puis le silence ; mais il était toujours à l'intérieur.

J'ai continué à lire, c'est un roman à l'eau de rose, comme tu dirais, mais il est très bien écrit et comme l'intrigue se déroule sous le règne de Louis XIV, on apprend beaucoup de choses sur l'époque et la manière de vivre des gens à la cour.

Mais pourquoi est-ce que je te parle de ça...

Bref, comme Jean-Pierre ne sortait toujours pas de la salle de bains, j'ai commencé à m'inquiéter, à penser qu'il ne se sentait peut-être pas bien, ou qu'il avait fait un malaise, alors je me suis levée et suis allée frapper à la porte.

Il n'a pas réagi tout de suite, mais comme j'insistais, il a finalement répondu, d'une drôle de voix un peu enrouée, *Tout va bien, j'arrive*. Mais j'ai bien compris, à cause de cette voix étrange, que tout n'allait pas bien, qu'il s'était passé quelque chose.

Lorsqu'il est venu se coucher, j'ai tout de suite vu les traces sur ses mains.

Il les avait nettoyées et désinfectées, il m'a dit qu'il avait été attaqué par un chien, heureusement le chien n'était pas très gros et il avait pu s'en défaire rapidement, mais tandis qu'il le repoussait de ses mains nues, le chien l'avait griffé et même mordu. Il ne savait pas à qui était ce chien, les gens ici ne laissent pas déambuler leur animal comme ça, il devait s'agir d'un chien perdu ou qui s'était enfui.

Il ne m'a pas laissée regarder de près, quand j'ai voulu constater l'étendue de ses blessures, en disant que ce n'était rien, pas besoin de signaler l'animal ni d'aller chez le docteur, d'ailleurs le chien était parti en direction de la colline, il ne reviendrait sans doute jamais. J'ai quand même eu le temps de voir, lorsqu'il a éteint la lampe de chevet, que les traces ne ressemblaient pas vraiment à des griffures de chien, et que la morsure… oh ma Katie… eh bien la morsure encore moins.

Nous sommes restés là, dans le noir, tous les deux bien éveillés, même s'il faisait semblant de dormir, après toutes ces années je sais le rythme de sa respiration lorsqu'il s'endort, elle devient plus lente, et plus grave. Et là, même s'il feignait d'être assoupi, j'ai bien senti qu'il ne dormait pas. En vingt ans on apprend à connaître une personne, peut-être parfois mieux qu'elle ne se connaît elle-même, du moins certains de ses aspects, alors je n'allais pas me laisser berner aussi facilement, tu comprends ?

C'était étrange, nous étions allongés côte à côte dans le noir, silencieux ; la fenêtre était restée ouverte sur la nuit pour faire entrer un peu de fraîcheur après une journée presque caniculaire, et la rumeur de la fête nous parvenait, étouffée ; tu sais que notre petite maison est assez éloignée du centre, à côté de la piscine que le maire a récemment fait rénover – à cause des coûts, Jean-Pierre s'est opposé à l'achat de fusées pour le feu d'artifice cette année, le conseil municipal l'a suivi et il n'y a pas eu de feu, juste quelques pétards lancés par des badauds, des enfants surtout, même si c'est interdit aux mineurs, ce sont toujours des enfants qui finissent aux urgences le soir de la fête nationale.

La morsure, sur sa main, elle ressemblait à nos huit ans, tu te souviens, nous nous étions battues pour le dernier praliné le jour de Noël ; tu l'avais attrapé la première, et l'avais enfourné et avalé sans le laisser fondre, je m'étais jetée sur toi, folle de rage, nous avions roulé sur le tapis en griffant et mordant, en nous tirant les cheveux, jusqu'à ce qu'une gifle de maman nous sépare ; et plus tard, malgré l'empreinte de mes dents sur ton bras, c'est toi qui avais le plus regretté, qui t'en voulais le plus pour ce chocolat dont tu m'avais privée et que tu n'avais même pas apprécié.

Nous étions donc allongés à quelques centimètres et des années-lumière l'un de l'autre, et j'entendais battre son cœur, je t'assure, comme s'il battait dans mon propre corps, comme si ses veines étaient mes veines, et s'il s'appliquait à ralentir son souffle pour imiter le sommeil, son cœur, lui, battait à toute allure, un cheval au galop, faisant presque trembler le lit comme un sabot affolé bat le chemin de terre.

Je me suis tournée vers lui, j'ai posé ma main sur sa poitrine, sur l'animal effrayé qui courait à l'intérieur, et lui ai demandé, qu'est-ce qui se passe, il m'a dit *rien je t'assure*, mais comme j'attendais toujours – il sait quand je n'en ai pas fini avec lui, il sent mon attente, la décèle –, il a ajouté *Je t'avoue qu'il m'a fait un peu peur, ce chien, mais maintenant ça va*. Alors j'ai descendu un peu ma paume le long de son torse, à travers le pyjama, de plus en plus bas, j'ai atteint son nombril mais il a arrêté ma main et m'a dit, comme d'habitude, mais un peu plus sèchement peut-être, *pas ce soir s'il te plaît, je suis fatigué*. Mais au lieu de se tourner sur le côté, en direction du mur, il s'est redressé, s'est brièvement assis sur le lit, comme s'il hésitait, puis il est retourné à la salle de bains.

Au bout d'un moment, je me suis levée aussi et à travers la porte close, j'ai entendu qu'il pleurait.

Le maire

– Cela vous dérange si j'enregistre ?

– En fait, je préférerais que vous preniez des notes. Vous comprenez, on discute, on s'enflamme un peu, et le mot malheureux... celui qui peut faire basculer une carrière, à la une du journal régional voire du *Canard enchaîné* ou de *Libération*... Vous voulez un stylo ?

– Non merci, c'est gentil, mais j'ai mon Dupond.

– Superbe ! Un cadeau, je suppose ?

– En effet. Bien. Nous commençons ?

Ils étaient attablés aux Trois Colombes, l'un des restaurants les plus réputés du canton, un de ces gastronomiques qui courent après leur étoile et où des verrines d'émulsions évanescentes sont chichiteusement servies dans le coin de longues assiettes rectangulaires très blanches et très vides, et où des portions mesquines se parent de fleurs et de chips d'épluchures dans des plats parsemés de points colorés plagiant la sauce généreuse des gargotes d'antan.

– Très bien. Permettez-moi tout d'abord de vous remercier de me donner l'opportunité d'exprimer publiquement mon indignation devant cet acte odieux, et de garantir, ou plutôt de promettre (mettez « promettre ») que toute la lumière sera faite sur ce drame.

– Promettre ? Vous avez enfin une piste ?

– Écoutez, chère Mademoiselle, rien n'est certain pour le moment... Nous y reviendrons tout à l'heure. Il est avant tout important de relever que nous avons beaucoup fait pour notre cité, des rénovations coûteuses...

– Principalement la mairie, n'est-ce pas ?

Il prit le temps d'une gorgée de Chignin-Bergeron et d'une madeleine au parmesan avant de répondre.

– Sans doute, mais c'est également tout le centre historique qui a été restauré, on a en outre créé des zones piétonnières pour les commerces, modernisé la piscine, nettoyé la façade de l'église...

– Mais pas réparé le clocher ?

– Non, en effet, nous n'avons pas réparé le clocher, j'estime que c'est du ressort de l'évêché. Bref, nous avons investi pour que ce charmant village retrouve sa splendeur et soit, pour l'autochtone comme pour le touriste de passage, un havre de paix et de beauté, où il aura envie de séjourner, qui inspire confiance et sérénité. Le geste isolé d'un malade, qui aurait pu avoir lieu n'importe où, ne doit pas ébranler cette confiance.

– Vous vous présentez l'an prochain au poste de député, n'est-ce pas ?

– Nous y sommes...

Nouvelle gorgée de Chignin, et bonbon de foie gras.

Marie attendait tranquillement, avec un sourire presque doux, mais son visage restait fermé. Elle ne touchait pas aux amuse-bouches, mais trempa ses lèvres dans le vin pour mettre son convive à son aise.

– En effet, je souhaite agir à l'avenir non seulement pour les habitants de ma commune, dont je me sens proche (ajoutez que je prends part à leur deuil, que cette petite fille, comment elle s'appelle déjà, Marie – tiens, c'est l'anagramme de maire – eh bien, c'est comme une de mes filles, non, dites plutôt cela : « *** a perdu un enfant, son enfant, et c'est tout un village qui souffre », qu'en dites-vous, c'est fort ça, non ?), bref, je veux élargir mon action et m'engager pour le bien d'un plus grand nombre, fort de ma réussite dans l'administration de ma cité.

– Réussite, certes, mais on déplore un meurtre…

– Meurtre, c'est un peu exagéré, le mot est trop frappant dans l'imaginaire collectif, disons plutôt l'acte d'un fou qui sera bientôt mis sous les verrous, et la vie pourra reprendre son cours normal. Personne, nulle part, n'est à l'abri de ce genre d'événement. C'est la faute à pas de chance, et non à une négligence des autorités. La police était présente à la fête, pour gérer le moindre écart de la part des jeunes, la plus petite échauffourée. Le drame s'est produit près du domicile de la fille, on peut donc déduire qu'il relève de la responsabilité des parents et non de celle de la commune…

– Et donc, vous parliez d'une piste ?

– Tout à fait. Un témoin qui a vu un homme et a cru reconnaître… Mais j'hésite à en parler, après l'histoire du cantonnier qui s'est avérée une fausse piste, on va passer pour un repaire d'assassins en puissance... À ce sujet, ce serait bien que vous glissiez deux mots sur lui aux infos, insistez sur le fait qu'il est un peu dérangé, mais qu'il ne ferait pas de mal à une mouche. Il a certes connu une enfance difficile, battu et sans doute violé par son père, la DDASS à huit ans, des traumatismes physiques et psychiques qui ont laissé des traces... Mais nous l'avons pour ainsi dire sauvé. Nous lui avons donné un emploi, nous lui apportons notre aide, et il se conduit de manière exemplaire (bon, exemplaire c'est peut-être un peu fort, disons plutôt irréprochable). Vous pourrez ?

– J'essaierai... Mais pourquoi « repaire d'assassins » ?

– Eh bien, des faits nouveaux nous ont été rapportés, et nos soupçons convergent maintenant sur un autre employé de la mairie, un certain...

Il s'interrompit. Satisfait du suspense qu'il avait créé, sachant qu'elle bouillait de savoir... bouillait, ou languissait... Il approcha sa main des phalanges manucurées qui se retenaient de tapoter la table, et y glissa ses doigts d'un geste à la fois anodin et précis. Elle retira les siens. Mais comme à regret.

– Vous croyez vraiment que je me vendrais pour une info ?

Il la regarda assez longuement.

– En fait, je pense que vous vous donneriez pour rien du tout.

Puis il reprit :

– Il s'appelle…

– La transparence d'écrevisse au guacamole.

Deux serveurs compassés déposèrent les verrines sur leurs assiettes avec des airs de demoiselles d'honneur tenant la traîne de la mariée. Il contempla la mousse parfumée, sans oser y toucher, comme s'il hésitait à se lancer et à compromettre la quasi-perfection d'une œuvre patiemment réalisée.

Elle sourit.

Ils s'étaient compris, et allaient enfin pouvoir se faire confiance pour assurer leur succès mutuel ; et c'est d'un même geste, comme un duo bien rodé, qu'ils enfoncèrent leur cuillère en argent dans la première entrée.

La fillette

J'ai cinquante ans. La vie a passé, avec ses hauts et ses bas. Je ne suis pas encore tout à fait vieille, mais mon décolleté se craquelle comme le dessus d'un moelleux au chocolat ; la sueur coule entre mes seins et trempe le drap, des bouffées de chaleur irradient mon visage comme une injection d'iode, front moite et cheveux humides, hormones en charivari ; lente retombée vers la terre de toute ma chair et de ma peau. Mais la nature est clémente, elle éteint le désir au fur et à mesure qu'elle massacre ma taille, mes hanches et ma fraîcheur ; elle me fait la faveur d'harmoniser décrépitude et acceptation ; et si la sève ne tend plus les tissus, du moins n'enflamme-t-elle plus mon imagination, et la sénescence me laisse abîmée certes, mais apaisée, tranquille.

La femme aux cannes

C'est une tempête qui s'est abattue sur la ville. Je regarde le passage piéton comme le pont d'une rivière en crue. Un flot de visiteurs, de curieux débarqués dans les rues de notre cité, qui font un crochet sur la route des vacances, avant de rejoindre Grenoble, Valence, l'A7, pour guigner l'endroit, se faire frissonner devant la porte. Mais quand ils voient une vieille femme avec des cannes arrêtée au passage piéton, ils accélèrent. Plus de temps pour la politesse, ce sera pour le suivant.

Alors j'attends en regardant passer la vague.

Si, grâce aux béquilles, j'ai retrouvé des jambes après l'opération du genou, j'y ai en quelque sorte laissé un bras : le droit, qui tient les cannes quand je remplis le petit sac à dos avec le gauche – le bien nommé, s'activant maladroitement, comme un veuf qui essaie de bien faire. Parfois une béquille tombe, le sac glisse lorsque je me baisse pour la ramasser, le melon roule, tout cela prend infiniment de temps. Mais le temps, c'est tout ce qu'il me reste, même s'il m'est compté.

Je compte les pièces, maladroitement, avec la main gauche. La droite tient les cannes qui parfois tombent. Je range le porte-monnaie dans le petit sac à dos.

Mais avant de remplir le petit sac à dos, il faut traverser.

Je regarde le passage piéton avec ses bandes jaunes bien parallèles, voyantes, inutiles. Au bout, le Spar, mes sardines, deux ou trois tomates, et la pâtée du chien.

Heureusement le chien est vieux, il ne tire plus sur sa laisse enroulée autour de mon poignet droit, il est devenu indifférent à ses congénères, indifférent à presque tout, en fait. Il avance. On ne se parle plus beaucoup, mais on regarde dans la même direction, il paraît que c'est ça, l'amour ; on regarde le passage piéton, et on attend.

Je me suis souvent demandé lequel des deux partirait en premier. Finalement peut-être qu'on partira ensemble. Sur la troisième bande jaune du passage piéton.

Le Journal du Dauphinois

Meurtre de la petite Marie: un suspect en garde à vue

Rebondissement dans l'affaire de la petite Marie Y., sauvagement assassinée dans la nuit du 14 au 15 juillet (voir nos éditions précédentes). Hier, en fin d'après-midi, les gendarmes ont appréhendé à son domicile Yves L.*, 48 ans, afin de l'interroger.

De nouveaux éléments ont permis à l'enquête de remonter jusqu'à ce fonctionnaire sans histoires, qui vit à *** depuis plus de vingt ans.

C'est un habitant du quartier qui a alerté la police: « J'habite tout près de l'endroit où on a découvert l'enfant. Comme je regagnais mon domicile cette nuit-là, j'ai vu L. qui marchait seul dans la rue, je l'ai bien reconnu quand il est passé sous le lampadaire. Il paraissait calme, mais chaque détail compte, n'est-ce pas, c'est ce qu'ils ont dit à la radio, j'ai pensé que je devais en parler aux autorités », témoigne-t-il.

De fait, cette piste semble assez sérieuse. Lors de son interpellation, l'individu portait en effet sur les mains des égratignures récentes, dont la cause n'est pour le moment pas déterminée. C'est l'analyse ADN des tissus prélevés sous les ongles de la petite victime qui devrait permettre de confondre ou d'innocenter le suspect.

Toutes les photos, les vidéos et les interviews sur notre site : www.lejournaldudauphinois.fr

Vos réactions sur Twitter

*prénom d'emprunt

Le fils du maire

Elle est morte.

Et alors ?

Des enfants, il en meurt tous les jours. Leucémie. Chute de poney. Diabète. Correction trop sévère. Voiture dans le mur ou le ravin.

Les enfants morts peuplent les cimetières. On les reconnaît aux fleurs toujours fraîches, alors que les vieux n'ont qu'une croix en alu et des roses en plastique décoloré.

Ou rien.

Trottinette, couteau, qu'est-ce ce que ça change, au fond ? Pas de quoi en faire tout ce cirque.

Il est là, avec sa belle gueule à la Clooney, ses jolies phrases et sa cravate en soie. Il parle de lui et de son village pourri, sur toutes les chaînes, dans tous les journaux. Il compatit, il rassure, il protège. Il fera tout ce qui est en son pouvoir, c'est juré. On le croirait presque.

Alors qu'à la maison, quand on dîne tous les trois le soir, ce qui n'arrive pas souvent, on n'entend sa voix que si le téléphone sonne.

Elle est morte, mais moi je suis vivant.

Qui s'en soucie. Certainement pas lui.

La fillette

J'ai soixante ans. J'ai cru être anéantie par la mort brutale de Jacques. Comme si on avait ouvert un sas, et que l'appel d'air avait emporté la plupart de ce qui fait ma vie.

Il va falloir continuer avec ce qu'il me reste.

Le meurtrier

Ils me demanderont : pourquoi ?

Ils n'auront que des questions, pourquoi, comment, avec quoi, et je n'ai pas de réponse.

Pourquoi... Je n'ai pas le profil, comme on dit. Je n'ai même pas eu une enfance malheureuse, ma mère était une sainte femme et mon père ne me battait pas, je le voyais peu d'ailleurs, il était représentant de commerce, il partait souvent, dans le coupé rouge qu'il réservait à ses voyages à travers le pays, et quand il revenait il avait toujours des bonbons plein les poches.

Alors pourquoi, comment...

J'ai une réponse, finalement. Avec un couteau suisse. Je l'ai caché dans la pharmacie, derrière la ouate pour désinfecter les plaies. Elle ne sert que très rarement, ma femme et moi ne nous blessons jamais – avec quoi nous blesserions-nous d'ailleurs. C'est très calme chez nous.

Comment ? Très vite. Je n'en sais pas plus. Je n'ai aucun souvenir de ce moment. Je vous le jure.

Je ne me souviens que d'avant et après. Après, quand j'ai désinfecté les griffures. Incongrues. C'est tout juste si je parvenais à me souvenir d'où elles provenaient. Je n'ai que quelques images, des flashs comme on dit. D'avant ? Oui, d'avant aussi.

La promenade. Cette échappée dans la nuit, seul, dans cette ville dont je connais chaque fontaine, chaque lampadaire.

Le lampadaire. La lumière de l'ampoule qui vient heurter le cadre de la trottinette. Je n'ai pas vu arriver l'enfant, et soudain il y a eu cet éclat du réverbère contre l'objet de métal, comme dans *L'Étranger*, c'était la même chose. La lame de lumière ; et la nuit de l'oubli qui suit. Ce geste imprévisible, involontaire, cet enchaînement que le hasard et les circonstances ont suscité. Doit-on parler de destin ? Le couteau toujours dans ma poche, à cause du petit cruciforme, je ne m'en sers jamais, comme je vous l'ai dit, c'est calme chez moi, il n'y a jamais rien à revisser, mais on ne sait pas, peut-être un jour faudra-t-il réparer quelque chose.

La fillette

J'ai soixante-cinq ans.

Je reviens tout juste de la maternité où tu viens de mettre au monde les jumeaux. Ils sont nés un peu en avance et sont minuscules, mais si parfaits. Quelle émotion ! Je nous revois toutes les deux il y a une éternité et pourtant c'était hier, et j'éprouve dans le ventre ce même serrement dont on ne sait pas trop bien s'il s'agit d'une douleur ou au contraire d'un plaisir pur tellement c'est intense.

Toi, épuisée, lumineuse, ton mari un peu gauche et fier comme un pape au balcon, ça nous a fait rire, cette joie qu'il éprouvait, mêlée de panique devant les deux petits qui pleuraient en même temps, et il t'a tendu Léna avec une habileté innée, insoupçonnée chez ce grand gaillard souvent maladroit. Et j'ai su que tout irait bien.

Je me suis sentie un peu seule en regagnant ma petite maison. Un peu triste aussi de voir que tout va si vite. On a sept ans et puis un jour on regarde derrière soi et le chemin est déjà parcouru. Alors je suis allée au frigo rouge du salon, et j'ai pris la bouteille de champagne que je gardais pour l'occasion ; j'ai fait sauter le bouchon et me suis versé une coupe, puis je l'ai emportée dans le jardin. Assise sur le banc d'eucalyptus qui sent encore le vernis – je l'ai poncé récemment et lui ai donné un petit coup de jeune – j'ai regardé mes massifs, les hortensias roses et bleus – des hortensias layette !, les mésanges dans le cerisier, les insectes qui balaient ce ciel d'été ; et je l'ai bue à toi, aux enfants, et à moi-même.

Un peu plus tard, Philippe est passé me féliciter, je lui avais laissé un message sur son répondeur, ça y est je suis grand-mère !, nous avons fini la bouteille dans le jardin puis bu celle qu'il avait apportée en grignotant des flûtes salées et du jambon espagnol et en riant beaucoup. Après nous avons fait l'amour.

La vie. Un nouveau cycle. Savoir qu'on n'a fait que passer, mais qu'il en restera quelque chose.

La mère

Non.
Non.
Non-non-non-non-non-non.
Non.
C'est impossible.
Ce n'est pas vrai.
Taisez-vous.

Ne plus penser
Ne plus sentir
Ne plus respirer
Disparaître

Ma petite puce mon bébé mon trésor ma blondinette ma bouclée ma frisette mon petit faon ma bichounette mon cœur mon bébé ma frisette mon trésor mon amour... mon amour.

Nooooooooooooooooooooooooooooon.

Non.
Je vais me réveiller.

Oui, je vais me réveiller, et tu vas revenir.

Je vais aller ouvrir la porte, et tu seras derrière, souriante, un peu essoufflée – tu auras couru parce que tu étais en retard.

Voilà, c'est ça ! Tu es en retard.

Je vais aller ouvrir la porte et tu seras derrière.

Il est vingt-deux heures trente.

La fillette avance dans la nuit, dirigeant sa trottinette sous le halo des lampadaires. Elle pense à son doudou. Elle est presque arrivée à la maison.

L'homme avance dans la nuit, les mains dans les poches. Il ne pense pas, il se concentre sur sa marche sans but précis.

Ils se croisent dans la ruelle. L'homme sent le couteau dans sa poche, lisse sous ses doigts. Il le saisit, le brandit, il frappe.

La fillette ne crie pas, ou plutôt elle crie avec ses yeux. Il ne regarde pas son visage, il répète son geste, machinalement.

Elle se débat, se bat. Il finit par s'éloigner, sans même courir, du même pas, sans pensées.

Elle saigne. Elle titube vers la porte, saisit la poignée. Tombe.

La fillette

J'ai soixante-dix ans. J'aimerais avoir quelques années de plus pour voir grandir mes petits-enfants, mais je sais que la route s'arrête ici. Philippe est passé ce matin avec une bouteille de Dom Pérignon parce que je lui ai dit il y a peu de temps que je n'en avais jamais bu, que cela ferait peut-être partie de mes regrets, de ces choses à faire que je n'aurai pas biffées sur la liste, juste en dessous de « Monter sur une autruche » et « Écrire une chanson » ; il a dit, faisant coulisser le bouchon lentement entre ses doigts comme si le bruit pouvait me blesser, Ça, c'est fait. *On a ri, mais sa peine était presque palpable. L'infirmière a trinqué avec nous lorsqu'elle est venue vérifier la perfusion, c'était un moment très léger et très doux.*

Je suis sereine dans mon lit d'hôpital, ma fille est assise près du lit dans le fauteuil et mon gendre a ramené les deux petits à la maison parce qu'ils commençaient à s'ennuyer. On se tient la main, sans rien dire, parce que les mots maintenant sont dérisoires, et que ça me fatigue beaucoup ; alors on parle avec les yeux et cela nous suffit. Le bracelet est encore à son poignet... ça me fait sourire, elle suit mon regard et voit le fil d'or reliant les aigues-marines, améthystes, citrines, et elle sourit aussi. Elle murmure, dans deux ans, trois ans peut-être, il sera à Léna, m'offrant ainsi de l'avenir. J'ai eu une belle vie. Beaucoup d'amour en somme. Le reste ne compte plus. Je n'ai pas peur, je lâche prise ; elle se penche sur moi pour m'embrasser, je ferme les yeux de bonheur et de chagrin sous ce dernier baiser. Elle me dit À demain, *je lui réponds* À demain ma belle, *pour ne pas qu'elle s'inquiète, mais cette nuit je le sais je pousserai la porte de cet autre monde, vers, peut-être, une nouvelle vie qui m'attend.*

je vais avoir sept ans et j'ai mal

Du même auteur
aux éditions cousu mouche

- La Ricarde, 2012
- Monsieur Quincampoix, 2006

Du même éditeur

- Mendiant 3458, Mark Levental, 2014
- 33, rue des Grottes, Lolvé Tillmanns, 2014
- Pierre-Antoine, routard dans l'âme, Fred Potier, 2014
- Riff sanglant à Fri-Son, Cédric Clément, 2014
- Queue de listes & amusants petits quiz, Marc Boivin, 2014
- La Chambre blanche, Marc Milliand, 2013
- Le garçon qui ne voulait pas sortir du bain, Michaël Perruchoud, 2013
- Comment j'ai vengé ma ville, Philippe Lamon, 2013
- Les Choses qui sauvent, Guillaume Favre, 2012
- Suite de listes, Marc Boivin, 2012
- Graine de Sabbat, Laurent Trousselle, 2012
- Liste de listes, Marc Boivin, 2012
- Extraits du casier, collectif, 2011

- Déroutes, Laure Lugon Zugravu, 2011
- Les Maux du prophète, Mark Levental, 2011
- Les Réfractaires, collectif, 2009
- Nobles causes, Jérôme Rosset, 2009
- Première à droite après l'Éden, Marc Milliand 2009
- Darwin, mon amour, Marie D. Hayoz, 2009
- Les Inchangés, Magali Bossi, 2009
- Les Six rendez-vous d'Owen Saïd Markko, Michaël Perruchoud, 2008
- Bébert au Bistrot : Le Fond du verre est frais, Sébastien G. Couture, 2008
- Les 50 œuvres qui comptent en Suisse romande, La Distinction, 2008
- Au crayon dans la marge, Laure Lugon Zugravu, 2007
- Côté Rue, Paule Mangeat, 2007
- Bébert au Bistrot : Tournée individuelle, Sébastien G. Couture, 2007
- Marche, arrêt. Point mort, Laurent Trousselle, 2007
- À Marée haute, Fabienne Slama, 2006
- Mignardises, collectif, 2005
- La Théorie du cocker, Nicolas Pinguely, 2005
- Le Martyre du pape Kevin, Michaël Perruchoud, 2004

Cousu Mouche
www.cousumouche.com